は月夜に攫《さら》われる

高峰あいす

RB
幻冬舎ルチル文庫

CONTENTS ✦目次✦

花嫁は月夜に攫《さら》われる

✦カバーデザイン＝清水香苗 (CoCo.Design)
✦ブックデザイン＝まるか工房

イラスト・コウキ。

花嫁は月夜に攫《さら》われる

ロンドンから電車で二時間あまり。

観光業が盛んな街だから、日本人の青年が一人で佇《たたず》んでいてもそう目立ちはしない。

けれど駅のターミナルに立つ倉沢信《くらさわしん》の表情は、浮かないものだった。

——これが成功すれば、僕も会社の役に立つって継母《かあ》さんに認めてもらえる。

二年前、高校を卒業してすぐに家を出て、イギリスの大学を受け無事に入学した信は元々英会話が得意だったので日常会話で困ることもなく、一人暮らしにも大分慣れた。

大学にも大分馴染《なじ》んで、友人も多い。

実家は貿易会社を経営しており、比較的裕福だと思う。

仕送りも同期に留学した友人達に比べて多い方なので、勉強の時間を犠牲にしてまで働く必要もないし成績も優秀。

困ったことと言えば、日本人の中にいても一際童顔なので大学生だとなかなか信じて貰《もら》えない事くらいだ。

他人からすれば羨《うらや》ましい環境だけれど、日本にいた頃から信の立場は微妙でそれは未《いま》だに解消されていない。

事の始まりは、信が五歳の時に実母が病死したことだ。

元々体の弱かった母は、信を産んでから床に付くことが多くなった。幸い父の会社は順調で母の世話をする家政婦を雇う余裕もあったし、当時は忙しい時間を割いてできる限り父も看病をしていたと朧気《おぼろげ》に記憶している。

だが母の死から時が経《た》つにつれ、父は寂《さび》しさを紛らわす為なのか仕事に没頭するようになる。それでも母が亡くなって最初の数年は信の学校行事には顔を出していたが、それも次第に家政婦の役目に変わっていった。

後から考えれば、家に寄りつかなくなった時期と会社の経営が上手く行かなくなったのとが重なって、父も仕方がなかったのだと分かる。けれど幼い信には、事情など知る余地もなく寂しい日々が続いた。

そんな生活が一変したのは、十歳の時だ。

父が一人の女性と、二人の少年を連れて帰宅した。新しく家族になるのだと紹介された女性は、父の会社を建て直すパートナーであり同時に信の継母《ままはは》になる。そして連れだって現れた二人の少年は、継母の連れ子で信より九歳と五歳年上だった。

初めは他人行儀だった少年達だが、自分達より幼く頼りなさそうな信を庇護《ひご》すべき対象として認識するのに時間はかからなかった。

血の繋《つな》がった兄のように振る舞い、信の勉強も根気よく見てくれた。

継母も幼くして母を亡くした信の境遇に同情してくれたのか、参観日には父に代わって学校へ足を運んでくれる。

いつの間にか本当の家族のように会話ができるようになっていた関係が崩《くず》れたのは、信が中学に入って暫《しばら》くしてからのこと。

切っ掛けは、全国模試の試験結果を見せてからだ。

小中高とエスカレーターの学校に通っていたから、わざわざ他校を受験するつもりのなかった信に、長男が気まぐれで模試を受けてみないかと夕食の席で言ったのが始まり。その日は父もいて『腕試しだ』と肩を叩《たた》かれたのを覚えている。

その結果は信が考えていたよりも遥《はる》かに順位が高く、どうやら信と同じ歳《とし》で受けた兄たちより成績が良かったらしい。

変化はすぐに現れた。

まず始めに、継母の態度が変わる。

余り信の話を聞かなくなり、学校の行事も『仕事が忙しいから』と理由を付けて来なくなった。

次いで兄たちも何処《どこ》かよそよそしくなって、家で顔を合わせても会話は殆《ほとん》どせず信を無視するようになる。

父も継母に気を遣い、どこか息苦しい自宅へ帰ってくる日が減っていった。暴力や暴言を受けたわけではないが、自分が極力無視されていると気付いた時には既《すで》に遅く、信は家族の中で孤立していた。

高校までは我慢したものの、大学受験の際に継母からイギリス留学を進められて本格的に自分は邪魔者なのだと自覚した。信はあえて逆らわず、継母の気持ちが落ち着くならと進んで海外受験をしたのである。

そしてこの二年、父から送金をしたという連絡のメール以外、家族からは何の音沙汰《おとさた》もない。

ＳＮＳからの情報で、父の会社が順調である事。そして兄たちが父の仕事を引き継ぐ形で、重役に抜擢《ばってき》されたのは知った。

そしてその中に、自分が必要とされていないことも信は感じ取ってしまったのである。

何も悪い事はしていないし、継母とも兄達とだって上手くやれていたと思う。本当の家族とまではいかないが、父も含めて皆が家族になろうとしていた。

けれど現実は、信だけが疎外されたまま進んでいる。少なからずショックを受けた信は友人達に愚痴をこぼしたけれど、返ってきたのは煩《わずら》わしい家族に振り回されなくて良いじゃないかという、少し的外れな返答ばかり。

仕送りが足りないとメールすれば、理由も聞かずに欲しい額を振り込んでくれる。将来も良家の子息にありがちな、政略結婚や跡継ぎ問題もなさそうだ。

好きに生きていいと暗に言われているのだから気楽だと周りは言うけれど、信はどうしても家族のように過ごした日々を忘れられずにいた。

そんな時、初めて継母からメールが届いたのだ。内容は『若手の起業家が集まるパーティーに、お兄ちゃんの代わりに出なさい』という、とても事務的な物だったけれど、久しぶりのメールで舞い上がった信は二つ返事で引き受けた。どうしても抜けられない会議が入ってしまい、出席できなくなった兄は悔しがっていたらしい。けれど信としても、こんなチャンスはまずないと分かっているので、兄に申し訳ないと思いつつ一縷《いちる》の希望を抱《いだ》いていた。

——兄の代理です。って言って名刺を配って帰ればいいんだし。それくらい、僕にもできる。

本当は上の兄が招待されたパーティーで、ごく内輪だけで集まる物だとしか教えられていない。もっと大規模なパーティーであれば、他の重役を代理で立てれば済む。しかし主催は同年代の人脈作りに重きを置いているらしく、継母もその点を気にして信を代理にしたと兄の名刺と招待状を届けてくれた兄の部下から聞かされた。

不安はあるけれど、この大役をやり遂げればきっと継母達も信を認めてくれるはずだ。今は代理程度の仕事しかもらえなくても、少しずつ実績を積めば大学を卒業後は父の会社へ迎え入れてくれるかもしれない。

別に信は、父の後を継いで社長の座を狙《ねら》っている訳ではない。ただ倉沢家の一員として、会社を支えていきたいだけなのだ。

——お母さんは父さんの愚痴や悩みを聞くのも仕事だって、前に父さんも言ってたし。些《さ》細《さい》な事でも役に立てれば、僕はそれで十分だから……。

認められれば、いつかは継母達との関係も改善されるだろう。そんな物思いに耽《ふけ》る信の前に、ダークスーツを纏《まと》った初老の男性が現れて頭を下げる。

「倉沢様……ですか？　私、グラッドストーン家の者なのですが……」

はっとして顔を上げ、信は頷《うなず》くと鞄から招待状を出して見せた。駅からは迎えの車に乗るようにと書いてあったから、その運転手だとすぐに気付く。相手も代理で弟の信が行くのは知っている筈《はず》だが、運転手は怪訝《けげん》そうな眼差《まなざ》しを向けていた。

「はい。ご招待頂いた兄に急な仕事が入ってしまったので、本日は代理で来ました。これでも十八歳ですよ。こちらではよく幼く見られますけど」

そう答えて笑顔を見せると、相手は恐縮したように深々と頭を下げる。客人に失礼な言動を取ってしまったと焦っている様子なので、信は気にしないでと続けた。

「ここまで来る時も、子供料金でいいなんて車掌に言われるほどですし。気になさらないで下さい」

「失礼致しました。どうぞこちらへ」

こんな時は、自分からジョークにしてしまうのが一番だ。

運転手の案内で、信は停《と》まっている黒塗りのリムジンへと乗り込む。ごく限られた者だけしか招待されないパーティーにしては大げさだと思うけど、主催の経歴を思い出して信は内心納得する。

――そういえば、元貴族って書いてあったっけ。ダグラス・グラッドストーン……元伯爵。上の兄さんと同い年だって聞いたけど。どんな人なんだろう。

少しの好奇心と不安を胸に、信は走り出した車の後部座席で深呼吸をした。


街の中央にある駅から少し離れた場所に、その邸宅はあった。

ワンブロック以上続く長い塀沿いに数分走り、警備員の立つ門を通るとまだ奥へ道が続いている。

暫く走って見えてきたのは、煉瓦《れんが》造りの古風な建物だ。

リムジンが玄関前に到着すると、すぐにドアマンが来て扉を開けてくれる。

「どうぞ奥へお入り下さい」

招待状を渡した信は、メイドの案内で奥の応接間へと通された。

幼い頃に何度か父の主催する会社のパーティーに出席した事はあるけれど、継母が来てからはなくなって久しい。

基本的な作法は確認済みだが、やはり緊張する。

招待客は既に半数ほどが来ており、幾つかのグループに分かれて懇談していた。

当然、イギリス社交界での人脈なんてない信がどうやって中に入ろうか悩んでいると、近くにいた女性が声をかけてくれて内心ほっとする。

日常会話は問題ないレベルの英語は話せるので、一度輪に入ってしまえばそれなりに打ち解けることはできた。

話しかけてくる招待客は年齢を告げると大げさに驚いたが、慣れているのでそれを会話の切っ掛けにして話題を繋げる。

さりげなく兄の代理である事を会話に盛り込みつつ名刺を渡し、歓談の時間は順調に進んでいった。

——元貴族の主催だから緊張したけど、これならディナー中の会話もなんとかなりそうだ。

あとは主催の人に挨拶《あいさつ》を済ませれば問題ないな。

ちらと柱時計を確認すると、メインの夕食会が始まるまであと少しだ。暫くすると、隣の部屋から主賓らしき男性が、ドレス姿の女性を伴って出てくる。

客達の視線が向けられたので、信もその男がダグラス・グラッドストーン本人だと気付いた。

彼は現在、二十七歳。信の父と同じような貿易会社を所有しており、従兄《いとこ》と共に事業を展開している。

最近はアジアとのパイプを強くする為に、香港《ホンコン》やインドネシアの会社と提携することが多いらしい。

噂《うわさ》では日本の企業とも繋がりを強くしようとしており、父の経営する会社に白羽の矢が立ったという経緯でパーティーに招待されたのだ。

本来ならば、社長である父に事業の話を持ちかけるのが普通だ。しかしグラッドストーン側も実質取り仕切っているのは上の兄だと分かっているから若手の集まる場に招待したのだろう。兄や継母としても、代理の信に行かせるのは相当悩んだに違いない。

しかし提携の確約があるわけでもなく、あくまで人脈作りに重きを置く場と重要な会議では、やはり会議を選ばざる得なかったのだろう。

そんな事情があるから、信の責任は重大だ。

背筋を伸ばし、信は深呼吸して気持ちを落ち着ける。

どういった経緯で爵位を返上したのかまでは知らないが、少なくとも資金に困窮してやむなくと言う事でもないだろう。

実際にグラッドストーン家は貿易を中心に様々な事業を展開していて、元から所有する土地の資産も含めれば莫大《ばくだい》な利益を得ている。

——気まぐれで、恋人をしょっちゅう変える人だって噂だけど。悪い人じゃないって聞いてるし。自分で経営も手がけてるなら、兄さんが欠席した理由を正直に話してお詫《わ》びすれば大丈夫だろうし……。

自分の挨拶の番が近づいてきた信は、改めてダグラスを見る。気に入れば性別を問わず恋人にし、相手に事欠いたこともないというダグラスとはどういう人物なのか興味があった。

元伯爵と知らなくても、気品のある顔立ち。少し長めの金髪と、深い蒼《あお》の瞳に信は同性と知りながら見惚《みと》れてしまう。

大学にも金髪で蒼い目の友人は何人かいるが、ダグラスほどに目立ちはしない。しかし彼を見ているうちに、信はある奇妙な事に気がついた。

ダグラスの頭には、犬の耳が付いていたのだ。

「……え？　今日って仮装パーティーだったっけ？」

思わず口走ってしまうが、信の周囲の客は誰一人として主賓の仮装に違和感を覚えていないらしく歓談を続けている。

パーティーによっては、内輪のお遊びとしてドレスコードに仮装を指定したり、服や小物のカラーコードを入れてくる場合がある。

大抵は指定の恰好《かっこう》をしていなくても、咎《とが》められることはない。

今日の主催は、元伯爵家出身の起業家だ。

学生のパーティーなら主催の趣向に気がつかなかった事を詫びればいいが、そんなプライドの高そうな相手の指定したドレスコードを無視したとなれば、後々取り引きに響くかも知れない。

——招待状には書いてなかったのは確認したし。もしかして、SNSで連絡してたのかな？ 慌てて周囲を見回しても、誰一人として仮装はしていない。ほっとすると同時に、信は思案する。

——耳付けてるの、あの人だけだ。何かの遊びなのかな？ ……それにしても、凝ってるなあ。本物みたいだ。

ぴんと立った明るい茶色の獣の耳は、細部まで精巧に再現されてる。単純にフェイクファーで耳の形を形成したのではなく、明らかに特注品だ。

その獣耳はダグラスの金髪に馴染んでいて、見ればみるほど彼の頭から直《じか》に生えているように思えてくる。

驚いてつい凝視していると、ダグラスの横に立つ女性が信を叱責《しっせき》した。

マーメードラインの真っ赤なドレスを着こなし、綺麗に整えられた茶色の巻き髪の女性は信を睨《にら》み付ける。

「ちょっと、貴方《あなた》。さっきから私をじろじろ見てなんなの？」

彼女を見ていたのではなく、ダグラスの耳が気になったと言い訳が喉《のど》まで出かかったけど、どちらにしろ失礼な事に代わりはない。

「……すみません」

言い訳をしても騒ぎが大きくなるだけだと判断した信は、素直に謝る方を選んだ。深く頭を下げて再度謝罪しようとするが、憤慨した女性は信を見向きもしない。

「失礼な人ね！　わたし、こんな人と食事したくないわ。顔も見たくない！」

ヒステリックに叫ぶので、挨拶を終えて歓談していた客達も何事かと好奇の視線を向けてくる。

どうやら彼女はダグラスとは特別な仲らしく、周囲へ見せつけるようにダグラスにしなだれかかり、打って変わって甘い声を出す。

「ねえ、ダグラスもこんな下品な方は嫌よね？　行きましょう、ダグラス」

暗に出て行けと言われたと分かり、信は慌てる。これでは兄の代理どころか、顔を潰《つぶ》してしまう。

不幸中の幸いは、主賓であるダグラスから直接退席を求められないことだ。

だが既に客達は信とダグラスのエスコートする女性が揉《も》めたと気付いており、微妙な空気が漂っている。

中にはあからさまに、何があったのか好奇心丸出しで信に近づこうとする客もいる始末。声をかけられても適当に誤魔化《ごまか》しながら、信は受付の方へ早足で向かう。

——僕が倉沢家の代理だって分かってるのは、さっき話をしてたグループの人たちだけだ。これ以上騒ぎになる前に帰ろう。

受付に兄の名刺は渡してきたから、一応の役目は果たした。これ以上会場に留《とど》まって、グラッドストーン側に自分が倉沢家の者だと知られると面倒な事になる。

急用ができたから帰ると、受付のボーイに告げて信は会場になっている邸宅を出る。暫くは話のネタにされるだろうけど、自分を怒鳴った女性の態度から恐らく信が誰なのか知らないし調べるつもりもないだろう。

――なにか言われたら、また謝りに行けばいいよな。今は大人しくしていよう。

継母も一時期、信に対してだけヒステリックに怒鳴る事があった。そんな時は言い訳をせず、怒りの嵐が過ぎ去るのを待つしかないと身をもって知っている。

「あ、帰り……駅まではタクシー呼ぶしかないか」

出てきたはいいが、この邸宅は繁華街から少しばかり遠い。

来るときに乗ってきたリムジンは既になく、ドアマン達も中に残った客への対応に追われているのか全く人が見当たらなかった。

タクシーを呼ぶにしても、この広大な庭に入る許可が下りるのか分からない。中に戻ってリムジンを用意してもらうなんて、厚顔な真似《まね》ができる筈もないから、門の外までは歩くしかないだろう。

自分の不注意が招いた結果だ。信は諦《あきら》めて、門に続く長い道を歩き出す。

しかし直《す》ぐに、背後から呼び止める声が聞こえた。

「君、待ちなさい。少しいいかな？」

「あの……僕に何か？」

上背のあるがっしりとした体格の男が、小走りで邸宅から出てくる。身なりからして、使用人ではなく客の一人だと分かる。

「君が見ていたのは女性の方か？」

いきなり尋《たず》ねられて、信はどう答えればいいのか迷った。

彼は信が女性と揉めた理由を知っている。口調からして、信が本当はダグラスを見ていたとも気付いているようだ。

正直に答えるべきか、それともとにかく謝り倒せばいいのか迷っていると、男が信を気遣うように笑みを浮かべた。

「いきなりで驚いただろう。彼女……セシル・ハルフォードというんだが…怒ると手が付けられなくなるんだよ。彼女を知る人は『またヒステリーか』って思っているから、そんなに気にしないで」

「はあ……」

どうやら、色々と面倒な事情があると彼の様子で察した。信が改めて男と向き合うと、相手は軽く頭を下げる。

「フォローができず、すまなかった、こちらは君に怒っている訳ではないんだよ。その、ちょっと確かめたいことがあってね。正直に答えて欲しい」

スーツを着ていても分かる程、筋骨逞《たくま》しい男はその外見に似合わずおっとりとした声で続ける。

そして洗練された仕草で、名刺を信に差し出した。

思わず受け取ってしまった信は、書いてある名前に目を見開く。

――フランツ・グラッドストーン……って事は、主催の親族！

「あ、あの……兄の代理で来た、倉沢信です。兄はどうしても抜けられない仕事で……」

急いで兄の名刺を渡し、握手をしてから簡単に経緯を説明するけれどフランツは代理の理由には興味がないようだ。

「ダグラスも急用でパーティーをドタキャンなんて、珍しく無いからね。招待客が代理を出してても気にしないから安心して。それより、君が見たことを全て話して欲しい。俺はフランツ。ダグラスの従兄だ。宜《よろ》しく」

「ええと。僕が見ていたのは主賓のダグラス様の方です。頭に犬の耳が付いてたのを見て驚いてしまって……隣の女性に勘違いで不快な思いをさせてしまってすみません」

正直に答えると、どうしてかフランツは苦笑し始めた。

「あれが見えたか……そうか。しかしセシルは、自意識過剰だな。それとも君を遠ざける演技だったかな？」

「え？」

「今は知らなくていいよ。後々、嫌でも分かるからね。とりあえず今夜は、こちらの用意する場所に来てもらえないかな」

断る理由はない。それに先程の非礼を詫びるチャンスでもある。

「分かりました」

「良かった——誰か、車を用意してくれ」

邸宅の方にフランツが呼びかけると、使用人の一人が慌てて出てくる。程なくリムジンが二人の前に横付けされ、信は促されるままに乗り込んだ。

どうしてこんな事になったのか、さっぱり訳が分からない。尋ねるタイミングを失った信は、何故《なぜ》か上機嫌で鼻歌まで歌うフランツの横顔を伺う。

ダグラスと似ているが、フランツの方は短髪で学生時代はアメフトをやっていたような体格だ。勿論《もちろん》、気品も備わっているけれど、ダグラスのように見惚れてしまう程のオーラは感じない。

車は滑るように邸宅の更に奥へ続く道を走って行くが、周囲は街灯もなく真《ま》っ暗闇《くらやみ》で何もない。

おそらくこの広大な土地も、グラッドストーン家の所有なのだろう。

そしてその予感は、見事に当たる。

「向こうに見えるのが、ダグラスの住む家だ」

指さした方を見れば、そこにはパーティー会場の数倍はありそうな屋敷が建っていた。

石造りの三階建て。中央にある巨大な噴水を背に、映画に出てくるような貴族の屋敷があり、車は静かに玄関の前へ停まる。

信はフランツと共に車を降りると、彼に連れられて屋敷へと入る。既に連絡が行っていたのか、執事とメイド数名が恭《うやうや》しく出迎えてくれた。

「すまないが、少し待っていてくれ。多分今夜は宿泊してもらう事になるが、用意はこちらでするから気にしないで」

「でも……あの。そこまでして頂くなんて、グラッドストーン様にご迷惑が」

「信君、俺を呼ぶときはフランツでいいよ。誰か、飲み物と軽食を彼に出してくれ。俺は電話をしてくる」

一人応接室に通された信は、ソファへ座るように促される。

パーティーの会場も立派な造りの建物だったが、こちらはその比ではない。置いてある家具や調度品も、格が違うと目利きでもない信でも分かる。

実家もそれなりに裕福な方だが、グラッドストーン家とは比べものにならないだろう。

――ここって本宅……つまり、これから僕はグラッドストーン家の当主と話をするって事？

まさかパーティーでの失態がこんな事に発展するなんて、思ってもみなかった。運ばれてきた紅茶とサンドイッチを口にしても、緊張して味がよく分からない。

それから三十分ほどすると、何の前触れもなく扉が開く。てっきりフランツが戻ってきたのかと思ったが、意外にも入って来たのはダグラスだった。

相当急いで来たのか、頭にはまだあの犬の耳が付けられたままになっている。

「あ、あの。先程は失礼しました」

「名前は?」

「倉沢信です。兄の代理で……」

ソファから立ち上がり、信はダグラスに深く頭を下げた。

「代理出席の件は知っている。ああ、日本語の方がいいかな?」

「いえ。僕の発音が聞き苦しくなければ、英語での会話で大丈夫です」

日本にいた頃から、英会話は得意だった。

高校でも外国語に特化した教育をするクラスに入っており、その頃から外国人教員からも「日常会話も問題ない」とお墨付きを貰っている。

「お前の発音は、耳に心地よい。私の言葉が聞き取りにくければ正直に言え——さて本題に入ろうか」

テーブルを挟んで斜め右のソファに座ったダグラスを、信は改めて見つめる。襟足《えりあし》が少し長い金髪に深い蒼の瞳を持つ彼は、何処か人間離れした美貌《びぼう》の持ち主だ。

従兄のフランツより細身だが、ダグラスはいい知れない威厳を湛《たた》えている。

――どうしてだろう。この人が怖い……でも、目はすごく優しそう。

初対面の相手を怖いと感じるなんて失礼だと自分でも思う。けど、ダグラスに対しては、側にいるだけで緊張してしまう。

「どうした、信。私の顔がそんなに珍しいか」

名前を呼ばれて、信は我に返った。

「すみません！　ダグラスさんが、とても綺麗で……いえ、あの……」

「お前は素直で面白いな。今の時点でも、十分合格だ」

微苦笑するダグラスに連動するように、獣の耳が僅《わず》かに動く。

――確か日本でも、オモチャメーカーが脳波を感知して動く猫耳を作ったってネットで読んだけど。この人が付けてる犬耳の方がずっと精巧だ。どこの会社のだろう？

すると信の視線に気付いたのか、ダグラスが身を乗り出す。

「君は私のこれがどう見える？」

『これ』と言うのは、恐らく頭に付けた犬耳の事だろう。

なぜオモチャの感想を求められるのか分からなかったが、答えなければ更に心証が悪くなると思い正直に告げる。

「犬の耳がついたカチューシャですよね、よくお似合いです。明るい茶色で、とっても綺麗です。細かく動くし……作り物なんて思えません。実はその、パーティーで見ていたのはセシルさんではなくて、その耳が気になっていたんです。お騒がせする結果になって、申し訳ありません」

しかしダグラスは平謝りする信に、更なる質問を投げかける。

「信、耳を見ろ。どんな風に動いたか分かるか？」

「耳が後ろの方に伏せてます。僕、子供の頃に犬を飼っていたんです。人見知りの激しい犬で、初対面の相手には警戒して耳を後ろに倒すんです。そんな感じですね」

今度は声を上げて、ダグラスが笑い出した。

狼狽《うろた》える信だが、なんと声をかけて良いのか分からない。

「これは本物だ。それと犬ではなく、狼《おおかみ》の耳だ」

「本物っ？」

——まさか犬耳の剝製《はくせい》を使ってるって事？

そんな恐ろしい想像を見透かしたように、ダグラスが肩を竦《すく》めた。

「グラッドストーン家の正当な当主にしか生えない、特別な耳だがお前は触って構わないぞ。許可する」

恐る恐る触れると、信は指先から伝わる熱に驚く。

「温かい……えっ？」

明らかに剝製とは違う柔らかな質感と、僅かな熱。

いま触れている耳は、本物だ。

しかもその付け根はダグラスの頭に繋がっており、彼自身の人の耳もある。

一瞬なにが起こっているのか理解できず、信は二つの耳を交互に眺めた。その間も、触れている獣耳の方はくすぐったいのか、指の間でぴるぴると震える。

「私の耳が見えた者は、グラッドストーン家の一員となる命運を背負っている。そしてお前は、主である私に仕え支えなくてはならない」

「はあ……」

真摯《しんし》な言葉だが、現実を受け止めきれずどうしても上の空になる。これは本当なのか、それとも彼が仕掛けた悪戯《いたずら》なのか。見極めが付かない。

「なんだその気の抜けた返答は。お前は選ばれたのだぞ、素直に喜べばいい」

「選ばれた……僕がですか？　僕は兄の代理で来ただけです」

「代理だの既に関係の無いことだ。お前は私の狼耳を認識した。その事実が重要なのだ」

「それで、その。僕がダグラス様に仕えなくてはならないって事ですか？」

問えば鷹揚《おうよう》に頷くダグラスを前にして、信は必死に考える。

――すくなくとも、パーティーでの失態を責められてはいない。耳の事はよく分からないけど、指摘して機嫌が良くなったって事は問題ないはず。仕えるっていうのは……倉沢家が仕事で提携する場合、グラッドストーンの傘下に入るって意味でいいのかな。

家から遠ざけられている信は、会社の事情や力関係など当然知らない。しかし倉沢家とグラッドストーン家が共同で事業を始めた場合、資産の関係からして信の実家が経営権を握ることはまずないだろうと推測はできる。

『狼耳』が発端という予想外の形になったが、継母の望んだとおり会社の結びつきを得られたのは事実だ。これで疎外されてきた自分も、少しは家族の一員として認められるだろうか？ささやかな希望を得て、信はほっと息をつく。

「お前をここへ連れてきたフランツと、屋敷の使用人達は知っているから隠す必要もないが、耳の件は他言無用だ」

「はい。誰にも言いません」

「しかし万が一という事ある。暫くはこの屋敷で暮らせ。この屋敷にいる者以外との会話と、外出を禁ずる」

「え……困ります！　大学もありますし、兄にもパーティーが無事に終わったと伝えるって約束してるんです」

唐突に監禁するなどと言い渡されたも同然の信は、流石に驚いて声を荒らげた。

「お前は私に仕えると約束しただろう」

「それは会社同士の事じゃないんですか？」

「……話にならんな。お前が意味を理解するまでは、隔離する。彼の部屋を用意しろ」

ドアに向かってダグラスが呼びかけると、控えていたのか数名のメイドが入って来る。いくらなんでも、女性相手に乱暴な真似はできない。

「こちらへどうぞ、信様」

「あの、僕は……」

「滞在中に必要な物は、服や靴を含めて全て部屋に用意してあります。他に入り用の物がありましたら、遠慮なくお申し付け下さい」

「お部屋は二階にご用意してあります」

彼女達の物言いは丁寧だが、信の言葉を聞く気はないようだ。訳が分からないまま、信はメイド達に連れられて、用意された客室へと連れて行かれた。


与えられた部屋は広く、信が借りているアパートの倍の広さがあった。

館の外観は古めかしい物だが、客用の部屋は一流ホテル並みの内装で豪華なものに慣れている信でも目を見張る。恐らく一流のデザイナーに部屋のデザインから家具の選定まで、注文したに違いない。

重厚な窓や扉はそのままで、ソファやベッドなどの家具は洗練された現代風の物で統一されている。バスルームや数日滞在しても問題ない量の服が揃《そろ》えられたウォークインクローゼットまであり、信はダグラスが本気で自分を監禁するつもりなのだと気付く。

「でもなんで、ここまでするんだろう?」

狼耳が本物だとすれば、それは一大事だ。

しかし元貴族の耳に、狼の耳が付いているなんてマスコミにリークしたところで、ゴシップ紙に載るぐらいが関の山だろう。

それに信も、未だ耳の件に関しては半信半疑だ。

確かに手触りは本物で、未だに毛並みや皮膚から伝わる熱の感覚も覚えている。しかし会場にいた客達は誰も耳の存在に気がついていなかった。

自分だけがからかわれている可能性も、少なからずある。そして本物だったとしても、それを他人に話したところで信じてもらえる訳がない。

他言無用と釘《くぎ》を刺されなくても、信は誰に話すつもりもない。ダグラスが神経質になっているだけだとしても、監禁紛《まが》いの状況に置くのは異常だ。

——いつまでこうしておく気だろう?

幾らグラッドストーン家が有力者だとしても、信をずっと閉じ込めておくなど無理だ。大学もあるし、実家だって流石《さすが》に信の行方を捜すに決まっている。

どうしたらダグラスに『狼耳』の件を他人に話さないと納得させ、アパートへ戻る許可を得られるか考えるが、答えは見つからない。

現状ではどうしようもないので、信はとりあえず今夜はここに泊まろうと覚悟を決める。開き直って風呂に入り出てみれば、頼んだ覚えのない軽食まで用意されていた。

「キッシュにケーキ……シャンパンまである」

先ほど出会ったばかりの相手への対応とはとても思えず、信は首を傾《かし》げる。

耳の件を他言しないか監視目的での強制滞在のはずだ。客だという自覚はあっても、ここまでされる理由が分からない。

――部屋も立派だし、専属のメイドさんも付けてくれて。食事まで出してくれるなんて……それなのに、着替えがないってどういう事？

着てきたスーツとスマートフォンの入った鞄は信が風呂に入っている間に、メイドが持っていってしまったらしい。

外部と接触させないためだと分かるから、とりあえず今夜は返して欲しいと訴えるのは諦める。

代わりに置いてあったのは、真っ白いバスローブが一枚。

下着も見当たらないので、信は仕方なく素肌にそれを着てソファに座り改めて食事を取る。先程は味が分からないほど緊張していたけれど、なんとなく開き直ってしまったせいかリラックスしてお腹《なか》を満たすことができた。

流石にシャンパンを開ける気にはならず、一緒に用意されていたミネラルウォーターで喉を潤《うるお》す。

「信、起きているか」

手持ちぶさたでぼんやりとしていた信は、扉を開ける音で我に返った。

「はい。あの……僕、こんな恰好で。すみません」

「そうやって、すぐ謝るな」

返事も聞かず入って来たダグラスに、信は慌てて立ち上がり頭を下げた。

いくら彼の方が立場が上だとしても失礼な振る舞いをしているのはダグラスだ。けれど彼に文句を言えるほど、信は身の程知らずでもない。

実家の経営する会社の今後を考えれば、耳の件を抜きにしてもダグラスを怒らせるのは得策ではないだろう。

私服姿のダグラスは後ろ手でドアを閉めると、信の側へ歩み寄りいきなり顎《あご》を摑《つか》む。

「え……あの?」

「綺麗《きれい》な瞳をしている。容姿も愛らしい、私の好みだ」

堂々としているダグラスは、とても元貴族とは思えないほどの威厳を纏っている。爵位は既に手放し、一般人だと聞いていたが、やはり彼は何処《どこ》か違う。

信はその整った顔立ちに見惚れていたが、ゆっくり近づいてくる唇に我に返った。

キスから逃げようとして顔を背けると、耳元でダグラスが低く笑う。

「恥じらう姿もそそるな」

冗談なのか本気なのか図りかねていると、強い力で腕を掴まれ隣のベッドルームへと連れて行かれた。

ダグラスは初めからこうするつもりだったらしく、行動に迷いはない。一方信は、自分の身になにが起ころうとしているのかよく分かっておらず、困惑した眼差しをダグラスへと向けた。

「わっ」

ベッドに放られ、バスローブを乱暴に脱がされた信は、これから自分が何をされるのかやっと理解し青ざめた。

「な、なにをするんですか！　止《や》めてください」

「お前はこれから、私のつがいとなる」

「……つがい？」

聞き慣れない言葉に、一瞬戸惑う。

「私の雌《メス》になるという意味だ」

「僕は男ですよ。それにつがいって……」

大きな窓から三日月の明かりが差し込み、彼の狼耳を照らす。

――この人、本当は狼？

一時間ほど前に話していた時よりも、心なしか彼の瞳が鋭くなっている気がする。

「運命を受け入れろ」

「うん、めい？」

問いかけに答えはなく、信は裸のまま俯《うつぶ》せにされる。逃げようと藻掻《もが》いても、背後から覆《おお》い被《かぶ》さるダグラスの重みで、まともに動けない。

咄嗟《とっさ》に枕元のクッションを摑み、背後に投げ付けようと試みるが隠されるように置かれていた卑猥《ひわい》な道具が目に入り息を吞《の》む。

――これって、ローション？　クリームもある。

つまり館の使用人は、全員こうなると践《ふ》んで性交がスムーズにいくよう用意したのだ。無論命じたのはダグラスだろうけど、先程まで顔を合わせていた人々が全員『信がこれから、ダグラスに犯される』のだと知っていた事実だけで羞恥《しゅうち》に泣きたくなる。

「……嫌っ」

押さえつけていた手が前に回り、信の中心を握る。

恋人は以前いたけれど、海外留学の話が出た時点で自然消滅していたし、キスすらもしていない清い交際だった。

だから他人にそんな部分を触られるなんて初めての事。

驚きと羞恥でパニックに陥る信だが、ダグラスは慣れた手つきで敏感なそこを扱《しご》き始める。

「っ……う」

「感度がいいな」

誉《ほ》められても嬉《うれ》しくない。馬鹿《ばか》にされているとしか思えない物言いに、信は必死に彼の手を振り払おうとして身を捩《よじ》り叫ぶ。

「止めて下さい！　いくら取引先の方でも、本気で怒りますよ！」

「私が権力に物を言わせて、力尽くで手に入れようとしていると思っているのか？　だったらそれは杞憂《きゆう》だ。私はお前を、つがいとして大切に扱う」

「そういう問題じゃない！」

根元から握られ、先端を爪《つめ》の先で弄《いじ》られる。自慰よりも強い刺激に、信の下半身から力が抜けていく。

「ぁ、あうっ」

じんと下腹部が疼《うず》き、無意識に腰が揺れた。

——なに……なんで、どうして？

嫌なのに、体は与えられる快楽を享受《きょうじゅ》している。他人の手に扱かれて感じている自分が情けなく、惨《みじ》めに思う。

「欲情しているな。お前から漂う香りが、甘く変化している」

「そんなこと、ない……っあ」

先端を責められて、信は急激に上り詰めた。射精してしまった羞恥に、涙が零《こぼ》れる。

——キスもしたことがないのに……。

留学してからは同年代の友人との交流もあったけど、いつか家族に溶け込みたかった信は勉強に励んでいた。

だから恋愛どころか、軽い遊び程度の付き合いすらした事はない。

それに自慰も最近はしてなかったから、反応してるだけと自身の反応は仕方のない事だと必死に言い訳を考える。

「射精しても、まだ足りていないようだな。腰がまだ揺れている。安心しろ、私を受け入れれば辛《つら》い疼きは収まる」

「違う…っ！」

初めて会った相手に、どうしてこんな辱《はずかし》めを受けなければならないのか理解できない。

しかしダグラスは精液で濡《ぬ》れた手を、信の後孔《こうこう》へと移動させる。セックスの経験がない信でも、彼が何をするつもりなのか気がついて青ざめた。

「も、手……離せ！」

自分の出した精液を後孔へ擦《こす》り付けられ、嫌悪と恐怖に涙を零す。

「これから私とお前は、正式につがいとなる為の交尾をする。初めは痛むが、すぐ悦《よ》くなる」

「だれか、助けて！　お願い、ダグラスさん…もう止めて下さい！」

屹立《きつりつ》した雄を後孔に擦り付けられただけで、体の芯《しん》が熱くなった。プライドも何もかなぐり捨てて信は助けを求めるけれど、ダクラスは信の腰を摑んで持ち上げた。

「ひっ……っん」

入り込んで来た雄は大きく硬い。少し入り口が裂けたのか、ぴりりとした痛みもある。なのにダグラスが腰を進めるごとに、信は自分の体が変化していくのを感じていた。

――うそ、なんで……。

自身を扱かれ、時折乳首や脇腹《わきばら》を愛撫《あいぶ》されただけなのに、全身が敏感になっている。雄に犯されていると意識しただけで、萎《な》えた中心に熱が籠《こ》もる。

「ぁ、あ」

痛みと快感が混ざり合い、信は混乱する。

嫌々をするように首を横に振ると、ダグラスが動きを止めた。ほっとしたのもつかの間で、更に信を追い詰める言葉が耳元で聞こえた。

「流石に無理か。しかしローションを使えば、奥まで挿《い》れられそうだな」

「っ……」

とろりとした液体が、後孔に掛けられた。馴染ませるように尻《しり》を揉《も》まれ、ぐちゅぐちゅと湿った音が響く。

そしてダグラスは再び挿入を開始する。今度は痛みよりも快感が勝り、信の体はスムーズに剛直を飲み込んでいった。

「私のモノが奥まで欲しいだろう？」

「ぁ…ぅ」

張り出したカリで中程を擦られ、信はシーツに爪を立てた。反応した部分をしつこく抉《えぐ》られ、次第に唇から甘い声が零れ出す。

「は、ふ……」

「つがいとの交尾は特別なものだと聞いていたがここまでとは。信と私の相性はいいようだ」

楽しそうな声に屈辱《くつじょく》を覚えるが、反論する言葉すら出てこない。閉じられなくなった唇からは、吐息と嬌声《きょうせい》が交互に上がる。

ダグラスは信の反応を楽しむみたいに、ゆっくり焦《じ》らすようにして奥まで挿入した。

「んっ、あ」

「もうすぐ全て収まる。これまで私の相手をした者は、なかなか入らなかったがやはりつがいは違うな」

「いや、ぁ」

片手で臍《へそ》の辺りを撫《な》でられ、ダグラスの逞しい雄を意識してしまう。

初めてのセックス。

それも同性のモノを根元まで受け入れている現実に、信はぼろぼろと涙を零した。

「恥じらうことはない。私と交尾できることを、光栄に思え」

「……っ。駄目……だめ……」

奥を小突かれる度《たび》に力が抜け、痺《しび》れるような甘い快感が全身に広がる。

――お腹……熱い。

触れられていないのに、自身が勃起《ぼっき》し蜜《みつ》が滴《したた》る。羞恥と快感に身悶《みもだ》え、離して欲しいと懇願するがダグラスの動きは激しくなるばかりだ。

「ひ、う」

「大分馴染んだな。そろそろ頃合いか」

ダグラスが信の背にぴたりと身を寄せて、首筋を軽く噛む。中を擦られるのとは全く違う悦びを覚え、信は腰を限界まで上げる。

「そのまま腰を上げて、私の精を奥まで受け入れろ。初めての交尾だ、たっぷりと味わえ」

「あっあぁ」

腰を強く打ち付けると同時に、ダグラスが信の首筋を強く噛《か》む。その刺激に耐えられず二度目の射精をすると、ダグラスの雄が最奥でびくびくと痙攣《けいれん》し精を吐き出す。

——嫌だっ……いや……。

心は拒絶しているのに、体は雄の精液を奥まで取り込もうとして内壁をヒクつかせる。射精されている間、信は自分の望まない深い快楽の中に落とされていた。

「ぁ……う」

「これでお前は、私だけの雌になった」

「…めす……」

まだ硬さを残す雄が中を小突いて、精液を蠕動《ぜんどう》する内壁に塗り込める。

——ダグラスさんの香りが、僕の中に……。

匂うはずのない香りを、信は確かに感じていた。精液とも汗とも違う、頭を芯から甘く揺さぶるような不思議な香りだ。

「信、お前の香りも先程よりずっと強くなっているぞ。高級なワインのようだ」

汗ばむ首筋をダグラスが嘗《な》めたり噛んだりする。

その度に、信は蜜も零さずに軽く達した。

「あ、んっ……ぁ」

「私との交尾が気に入ったようだな。私も抑えがきかないから丁度いい」

「……もう、やめて…ください……っ」

「欲しているのはお前の体も同じだ。意地を張らず、甘く強請《ねだ》ればいい」

敏感になった奥を、雄が突き上げる。精を塗り込められた内部は、淫《みだ》らな快感に陥落していた。

「や……あんっ、ぁ……」

「どうして欲しい？　望みがあるなら素直に言え。そして私の雌になると誓《ちか》え」

腰を揺すられて、快感が押し寄せる。更なる快楽を欲した信は、朦朧《もうろう》としたまま呟く。

「……っく…ぅ……もっと、下さい……」

「それだけか？　誓えないなら、もう終わりだ」

ゆっくりと引き抜かれていく雄に、信は最後の理性を手放す。

「雌になります。だから、お願い……っ」

「これで私とお前は、つがいだ。忘れるな」

一気に根元まで突き入れられ、信は声も出せず背筋を反らした。前を弄られなくても、後孔からの刺激だけで体は上り詰めた状態を維持する。

首筋を噛まれ獣の体位で犯された信は、何度目かの射精を受け止めた後、気絶するようにして眠りに就いた。

――暖かいけど……苦しい。

眠い目を擦りながら、信は柔らかなベッドの上で身じろぐ。だが次の瞬間、腰から這《は》い上がった鈍痛で一気に覚醒する。

「っ……」

「やっと起きたか」

顔を覗《のぞ》き込むダグラスに、信は昨夜の痴態《ちたい》を思い出し顔を背けた。

互いに裸のままだが、羞恥よりも怒りの方が強い。肩を抱こうとして伸ばされた手を、痛みを堪《こら》えて払いのける。

本当はベッドから出たかったのだけれど、流石に全身の痛みが強く彼に背を向けるだけで精一杯だった。

「初夜の痴態を恥じらって、拗《す》ねて誤魔化そうとしているのか……そんな姿も愛らしい」

「……っ…違います！」

怒鳴っただけでも腰が痛んで、信は顔を歪《ゆが》めた。

「無理はするな。お前はつがいとしての役目を果たしたのだから、休んでいろ」

昨夜、抱かれている間に何度も告げられた『つがい』という言葉に、信は青ざめる。冗談にしてはたちが悪いし、本気ならもっと危険だ。

——この人、本気なの？

「私は数日留守にする。執事にはお前が私のつがいになったと伝えておく。屋敷内では客ではなく、私に次ぐ立場の主人として振る舞え」

「え、あの。待って下さい」

矢継ぎ早に指示され、信は戸惑う。昨日知り合ったばかりの相手、それも無理矢理犯した男から彼の住む屋敷の主人らしくしろなんて命じられれば誰だって困惑するに決まっている。

「これは命令だ」

ダグラスは狼狽える信に構わずベッドから降りると、手早く身支度を済ませて部屋を出て行ってしまう。

まだダグラスの温《ぬく》もりが残るベッドに一人残された信は、正直どうしていいのか見当も付かない。昨日からの出来事を整理しようとしても、余りに現実離れしたことばかりで思考が追いついていかないのが現状だ。

「これから僕は、どうなるんだろう……？」

広いベッドの上で、信は呆然《ぼうぜん》と呟《つぶや》く。けれど答えてくれる相手はいない。悪い夢だと思いたいけれど、腰から広がる鈍痛が嫌でも現実だと教えてくれる。

「奥様、起きていらっしゃいますか？」

寝室の扉がノックされ、イントネーションの微妙な日本語で誰かが尋ねてくる。

「あ、はい。どうぞ」

おもわず返事をすると、数名のメイドが部屋に入ってきた。

自分がまだ服を着ていなかったことを今更思い出し急いで毛布で下半身を隠すが、彼女達は全く気にしていないようだ。

「朝食の準備をしても宜しいでしょうか」

「あの……っ」

「はい」

深々と頭を下げるメイド達を前にいたたまれず信は慌てる。けれど、彼女達はダグラスの『奥様』となった信の言葉を静かに待つ。

自分から話し出さなければ事は進まないと判断して、信は意を決して口を開く。

「えっと……皆さんは、僕の事……」

ベッドにセックスに使うと分かるローションが用意してあった時点で、少なくともベッドメイクをしたメイドは昨夜何が行われたのか知っている筈だ。

それにこの乱れたベッドと裸の自分を前にすれば、大体の予想は付くだろう。

——ダグラスさんも、僕をつがいにしたって言っておくって話してたし…あの人ならあっさりバラすだろうし……。

「改めまして、ご無事に初夜を終えられたことをお喜び申し上げます。全てダグラス様より伺っております。暫くはゆっくりとお過ごし下さい」

恥ずかしがる自分の方がおかしいのではと思うほどに、メイド達はあっさりダグラスと信の間に起こった事を遠回しながらも知っているのだと口にした。

「変だとか思わないんですか？」

拍子抜けして問いかけると、不思議そうな顔をされて益々《ますます》自分の感覚が一般的でないような錯覚に陥る。

「信様はダグラス様の『狼耳』を見ることができたのですよね？」

頷くとメイド達は顔を見合わせうなずき合い、一番年長のメイドが今一度頭を下げる。

「でしたらあなた様は間違いなくグラッドストーン家、次期当主の伴侶です。使用人一同、誠心誠意お仕え致します」

「皆さんは見えてるんですか？」

「耳は特別な物で、基本的には血縁者にしか見ることはできません。執事とメイド長は遠縁の血筋で見えると申しております。ですがこの家に仕える者は代々何かしらグラッドストーン家と関わりを持ってきているので、耳がどれだけ重要なのか熟知しております」

大真面目《おおまじめ》に諭すメイドに、やはりグラッドストーン家は特殊だと改めて実感する。

「僕は、倉沢信と言います。だから信と呼んで下さい。普段の会話程度なら英語で通じますし、そんなに気を遣わなくていいですよ」

「申し訳ございません。ですが『披露目』が済んでいないとはいえ貴方様はいずれ奥方となられる身です。敬意を持って接するのは当然かと」

「せめてその奥様って呼び方は、止めてもらえませんか？」

「奥様のご命令なのでしたら。ただ私共では判断ができかねますので、執事をお呼び致します」

ベッドから出なくても食事が取れるように、トレイにサンドイッチを取り分けてくれる間に別のメイドが執事を呼びに小走りに出て行く。けれど食欲はなく、信は温かい紅茶で喉を潤しただけで、朝食は辞退した。

「お口に合いませんでしたか？」

「……いいえ、お腹が空いてないだけです」

男に犯されただけでもショックなのに、それを知っている女性達に囲まれて食事を取るなんて無理な話だ。

気を張って上半身を起こしているけれど、正直な所それすらも辛い。毛布を被り全て悪い夢だと自分に言い聞かせて眠ってしまおうかと考えた時、屋敷の執事が寝室へと入ってきた。

「――皆は下がりなさい」

顔色の悪い信の心情を察したのか、老執事はメイド達を全員部屋から出す。

「信様。お加減が悪いようでしたら、医者を呼びましょうか？　グラッドストーン家専属の者ですので、口外される心配はございません」

呼びに行ったメイドから『奥様』と呼ばれるのに抵抗があると聞かされていたのか、あえて名前で呼んでくれることにほっとする。

「その、色々ありすぎて。落ち着かないだけです……あと……僕の荷物は……？　家に電話をしたいんですけど」

「お持ちしております。ご実家への連絡は本来でしたら正式な披露目が終わるまでは控えて頂くのですが、ダグラス様のお言いつけで私の立ち会いの下でしたら可能です」

「外には……」

「外出は庭といえど禁止されています。申し訳ございません」

本当に監禁状態に置かれるのは覚悟していたけれど、電話が許されるのは正直意外だった。たとえ言葉を選びながら現状を話したとしても、流石に兄達も異常事態だと察してくれるに違いない。

信は鞄からスマートフォンを出すと兄の番号にかけるが、何故か継母へと転送されてしまう。

一瞬戸惑ったものの、信は今の状況を話し始めた。

「かあさん？　僕です、信です。今、グラッドストーンさんのお屋敷にいて……」

『知ってるわよ、お前は良くやってくれたわ。これで倉沢家も安泰ね。正直期待してなかったけれど、今回の事は誉めてあげるわ』

楽しげに笑う継母の声に、信は小首を傾げる。何故、継母がグラッドストーンの屋敷にいると知っているのか。そして嬉しそうに笑う理由は何なのか、嫌な予感が胸に広がる。

「……かあさん？」

『お前は気に入られたようだから、会社の提携と引き替えにグラッドストーンに売ったの。そっちでパーティーがあった日のうちに、直接お電話があってね。五分もかからないで話しは纏まったわ。大学も退学届けを出したから、そのままそちらで大人しく言うことを聞いてなさい』

「父さんは？　兄さん達は知ってるの？」

『あの人とお兄ちゃん達には私から上手く言っておくわ。くれぐれも、グラッドストーンの機嫌をそこねたりしないでね。忙しいから切るわよ』

信じられない返事に反論できずにいると、その隙に電話は切られてしまう。急いでかけ直すが、既に着信拒否の設定にされていた。

兄たちと父の携帯にかけてみても、同じだった。

「うそ……だ……」

呆然とする信の手にしていたスマートフォンが、シーツの上に落ちる。体が震え、力が入らない。

ぼろぼろと涙が零れても拭《ぬぐ》いもせず、信は焦点の合わない目で空を見据えて呟く。

「なんで……かあさんは、僕を……」

「信様！　誰か、ダグラス様にご連絡を！」

目の前が暗くなり、頭の中ががんがんと痛む。控えていた執事が人を呼ぶ声を聞いたのを最後に、信の意識は途切れた。


信が意識を取り戻したのは、その数日後の事だった。

電話が切れた後ショックで高熱を出し、暫く意識が戻らなかったと後で執事から教えて貰った。

時折、意識が戻ると控えているメイドに水を飲ませて貰いまた気絶するようにして眠る。

その間、信が見るのは悪夢ばかりだった。

——期待した僕が……バカだったんだ……。

夢の中でさえ継母と兄たちに嗤《わら》われ、理由なく虐《しいた》げられる。

やり場のない怒りと悲しみで心が押しつぶされそうになるけれど、唯一の救いは時折現れる実母の幻影だった。

「お母…さん……」

掠《かす》れた声で呼びかけると、母は元気だった当時の姿のまま信の側に来て頭を撫でてくれる。けれどそんな幸せな時間は一瞬で消え、再び高熱の見せる悪夢に変わる。

三日目にやっと点滴のお陰で熱は下がったが、依然として食欲はなく湯に蜂蜜《はちみつ》を溶いたものをどうにか口にする程度が限界だった。

朦朧としたまま天井を見上げていた信は、涙でぼやける視界に誰かが入り込んで来たと気付く。

——綺麗な人……あれ？　耳？

人の頭部から生えている狼耳が、伏せられている。

ペットを飼ったことはないけど、耳を伏せるのは悲しかったり怯《おび》えているという感情の表れだと知っていた。

「だれ……」

「気がついたか。私が分かるか？　お前のつがいだ」

それまで伏せられていた耳が、ぴんと立つ。

「執事から聞いたが、何故《なぜ》食事を取らない？」

「……あなたが気にする事じゃないでしょう……」

「つがいの身を案じるのは、当然だ」

「つがい、つがいって…僕はそんなつもりはありません」

怒鳴ったつもりだったけれど、体は自分が思っているより弱っていたらしく掠れた声しか出ない。

ダグラスがペットボトルに入った水を渡してくれた。

「何があった？　誰かと連絡を取った直後に、意識を失ったと報告を受けたが」

「関係ないでしょう。放っておいて下さい」

強がってみたものの、継母との会話を思い出した信はこみ上げる涙を抑えられない。疎外感は感じていたが、自分を会社のために売り飛ばすほど嫌われていたとは思ってもみなかった。

涙ぐむ信をダグラスは黙って見つめていたが、痺れを切らしたのかため息をつく。

「お前が話したくないなら、執事から聞くという手もある」

「……っ」

他人から憶測《おくそく》を含めて話されるより、自分から説明した方がマシだ。信は渇いた喉を潤しながら、継母とダグラスの間で交わされた交渉を知っているのだと告げる。

「継母から、ダグラスさんに僕を売ったと聞きました。僕は取引の材料にされたんですよね」

「否定はしない。だがどうやら倉沢家は、私がお前を愛人として欲していると勘違いをしたようだ」

いきなり契約とは何の関係もない、学生の信を手元に欲しいと言われれば思い違いをしても仕方がない。ダグラスが性別を問わず、恋人を作っている事は有名な話でもある。

だが普通の家ならば、余程の事情がない限り、子供を差し出すような真似はしないはずだ。

それだけ自分は継母達から疎まれていたのだと改めて突きつけられ、信は打ちのめされた。

「私としてはつがいのお前を、強引に奪うわけにもいかないから、正式に欲しいと申し出ただけなのだがな。だからお前を、物のように扱うつもりはない。お前は私の、大切なつがいなのだぞ。雄は雌を守る義務もある」

「その、つがいとか……雌って、どういう意味ですか」

「何故拘《こだわ》る。そのままの意味だが？」

大切だの何だのと言いながら、ダグラスの言葉に違和感しかない。

大体ダグラスは、自分を犯した事を謝ってもいないし、そんな素振りもみせない。

家族に対する見捨てられた悲しみ以上に、直《す》ぐ側にいる尊大な態度の男への怒りが増してくる。

「つがいとなった以上、お前は他の者と交尾することは許されない。私も同じだ。これまでのように、花嫁選びと称して、他の者を抱いたりしないから安心しろ」

「僕が言いたいのは、そういう事ではなくてですね。交尾とか、そういう言い方ってまるで僕が家畜みたいじゃないですか」

「家畜ではないぞ。誇り高き狼だ」

話がかみ合わない。

――なんなんだ、この人。

狼耳は今も見えているし、触った記憶もある。手の込んだ嘘《うそ》だったとしても、信に対してわざわざ仕掛ける意味はない。

「もう……訳がわかりません。どうして僕なんですか？」

「つがいだからだ」

「だから、そのつがいって意味が分からないんです！」

訳の分からない事に巻き込まれた挙げ句、家族からは見放され犯した男の屋敷に監禁される。

理不尽な現実に、信はぽろぽろと涙を流した。

「泣くお前も愛らしい」

しかしダグラスは混乱する信の心情を気遣うどころか、勝手な事を言って笑う始末。体が自由に動かせていたら、絶対に殴っていた。

「お前の体調が良くなったら、また交尾をしないとな。マーキングが薄れてしまう」

ダグラスが触れようと手を伸ばしてきて、信は身構える。

振り払おうとしたつもりだったが、体は犯された夜の恐怖を思い出したのか無意識に竦んでしまう。

「触るな……っ」

自分でも情けないほどに声が震え、体が急に冷たくなるのを感じた。思っていた以上に、あの夜の出来事は心に深い傷を負わせていたと信自身も気がつく。

「分かった。お前には触れない、そう怯えるな」

無表情に代わりはないのに、狼耳が伏せられている。恐らく彼の感情は、狼耳の方に強く表れるのだろう。

でも今は、彼が何を考えていようと信には関係ない。

「出て行って下さい……僕は継母に売られたから、会社のためにここに留《とど》まりますけど。あなたの好きにされるつもりはありません」

吐き出すように言って、信は寝返りを打ちダグラスに背を向ける。少しして彼が出て行く気配を確認してから、信は声を上げて泣き始めた。

「私のつがいは体が弱いのか。それともまだ幼かったか？　フランツはどう思う」

私室のテーブルを挟み、ダグラスはフランツと向き合っていた。緊迫した雰囲気を察して、執事とメイドは部屋にはいない。

「お前が渡してくれた書類は、目を通した。何も問題ないと判断したから抱いたのだが」

屋敷へ信を招く際に、フランツが手早く彼に関するデータを纏めてくれたので、家族構成や年齢は確認済だ。

十八歳にしては幾分体は華奢《きゃしゃ》だったが、ダグラスの雄を根元まで受け入れて悦《よろこ》んでいたと確認している。交尾の最中に信は吐精をしたから、幼くて性交に耐えられなかったとも思えない。

何より納得いかないのは、感じていた筈なのに最後までダグラスを拒むような態度を取っていた点だ。喘《あえ》ぎながら『嫌だ』と泣く信に、流石にダグラスも罪悪感を覚え、正直どう扱っていいのか分からない。

そして出先から呼び戻されてみれば、信は衰弱しダグラスの言い分に耳を貸すどころか更に頑《かたく》なになって拒まれる始末。

尋ねてきたフランツにまで呆《あき》れられ、流石にダグラスも自分の行動が不味かったらしいと思い始めていた。

「……まさかいきなり抱くなんて。信君に悪い事をした」

わざとらしいほどに盛大なため息を零すフランツは、表向き従兄だが実は異母兄だ。その真実を知るのは当人達と、限られた親族だけ。

そんな複雑な間柄なので、フランツはダグラスの腹心としての立場を貫いている。だがイエスマンではなく、ダグラスが判断を誤れば叱《しか》りもしてくれる。

苛立《いらだ》つこともあるけれど、長老達に囲まれ次期当主としての教育を受けて育ったダグラスは、自身に一般的な常識が欠けていると自覚していた。だから時に厳しく接してくれるフランツの言葉には、多少納得いかなくても耳を傾けるようにしている。

「祖母に無事つがいが見つかったと報告した際にも、何故か叱られたのだが……つがいと出会ってすぐ交尾することは不自然なことなのか？」

「ブランカ様に叱られても、まだ分からないのか」

ダグラスの前に耳が生えていたのは祖父で、今は亡くなっていて代々受け継がれた領地に祖母のブランカが信頼できる使用人数名と共に住んでる。

長老のグループの中で最高権限があるが、祖父が病没してからは表には殆ど出てこない。

次期当主がつがいを見つけたら、まず前の代の狼耳持ちに報告するのが習《なら》わしとなっている。

既に祖父が他界した今は、つがいである祖母が長の代理を務めているのでダグラスはその報告へ出向いていたのだ。

「大体、何の説明もなしに抱いた上に、初夜が終わって早々に出かけるのは酷《ひど》いだろ。いくら報告するのが習わしでも、一日くらい側に居てやる優しさがあれば信君の気持ちも違ったんじゃないか？」

「マーキングをすれば、信は私の所有になる。身も心も私に従うと教えられたが、違うのか」

グラッドストーン家に生まれた『狼耳』を持つ者は、一族を守る運命を持って産まれてくる。

そのために、幼い頃から長に相応《ふさわ》しい教育を受けるのだが、フランツ曰《いわ》くかなり時代錯誤な部分もあるらしい。

「あのなあ……一般的な見方をすれば、お前は信君を強姦《ごうかん》したと同じだ」

「信は私のつがいだぞ」

「分かってる。けどな、その理屈が通用するのはグラッドストーン家の中でだけだ。それと俺も失念していたが、彼はうちに伝わる噂を全く知らない」

フランツから非常識だと叱られるのには、慣れている。ただ今回は、かなり真剣に怒っているのだと気づき、ダグラスもやっと真面目に聞く気になった。

「知らなくとも、この狼耳が見えたのなら分かるだろう？　違うのか」

「ったく。長老共がお前を優秀だって持ち上げる理由が、改めて分かったよ。けれどダグラス、信君をつがいとして迎えたいなら、それなりの態度を取るべきだ」

まさかここまで責められると思っていなかったので、ダグラスとしても心外だ。

「戻ってから、毎晩は抱いてないだろうな？」

「むしろ触れてすらいないぞ。あれは何故か、私が近づくと怯える。今は交尾を重ねて、私の匂いを染み込ませる大切な時期だというのに……」

ダグラスからすれば、信の態度の方が理解に苦しむ。

「おい、力尽くは止めるんだぞ」

「分かってる。いい加減、子供扱いは止めてくれないか」

信の性別は男でも、つがいは『雌』と同じで一族の誰よりも大切にしなくてはならないと教えられている。

「しかし『つがい』とは、なかなか良いものだな。これまで抱いたどの相手よりも、触れているだけで心が穏やかになる」

それまで眉《まゆ》を顰《ひそ》めていたフランツが、びっくりした様子で目を見開く。

「お前からそんな言葉が聞ける日が来るなんて、考えた事もなかったよ」

「どういう意味だ」

「自覚はないようだけど、お前なりに信君を思い遣《や》る気持ちはあるんだな」

「何を当たり前の事を言っている。私はつがいを大切にしているぞ」

言うと、どうしてか苦笑された。

「お前が『長として堂々と振る舞え』って教育されてるのは知ってるよ。だから愛情表現も下手で、ずっとヒヤヒヤしっぱなしだった。つがいを見つけても、その性格じゃ嫌われるのは予想してたからさ。社交界でいろんなヤツラと交流させて、性格の改善を図ってみたんだが……」

「なにが言いたい？」

自分とは違い、適度に遊び友人も多いフランツは何かと『他人との交流をしろ』と説教をしてきた。フランツの言い分としては、無意識にダグラスは『上から目線』の物言いをしているらしい。

しかし長老達に咎められたことはないし、グラッドストーン家の長が頭を下げるような事は恥だと教えられて来たので思いやりだの愛情だのというものは必要ないと思っている。

「ま、お前もやっと、人間らしい感情が芽生えてきたって事だ。ともかく、つがいを悲しませるのは男として最低だぞ。俺の母親が辛い思いをしたのを知ってるだろう」

「ああ」

一族の間ではタブーとされている話だが、ダグラスとフランツ、そして叔母《おば》に当たるフランツの母の間にはもう確執はない。叔母は、正確には父の従妹《いとこ》に当たるが、体裁を重んじた当時の長老達が悩んだ末に『父の妹』とし、フランツの父は病死したと一族には発表されている。

叔母を騙《だま》し、愛人にしようとした下劣な行為は許される物ではないと分かっている。酷い仕打ちをしたにもかかわらず、叔母はダグラスの行く末を案じ異母兄であるフランツを『従兄』と偽るよう言い含め、相談相手として育ててくれた。

歳の近いフランツの支えがなければ、ダグラスは長老達の教育に染まり一般生活になじめなかったのは目に見えている。

「しかし私は、家族の愛情がどういったものか未だ理解していない。お前の母上にはよくして貰ったが……」

叔母はあくまで、フランツの実母だ。

母と慕っては、叔母にもフランツにも悪い気がする。

「変なとこで気を遣うんだよなあ。もっと柔軟に考えてくれりゃいいんだが」

「悪いな」

「とにかく、信君がお前のつがいだからと言って好き勝手したら駄目だ。お前が長老達から長としての教育を受けた結果の言動だと分かっているけど、できれば『つがい』じゃなくて伴侶とか結婚相手とか……そういった言い回しをするのも気遣いのうちだ」

まるで信との会話を見ていたような指摘に、ダグラスは驚く。

「長年、兄弟やってんだ。お前の話を聞いてりゃ、何を失敗したのか分かるに決まってるだろ」

自分の両親は、愛し合っているとはお世辞にも言えない。お互いに公認の愛人を持ち、酒と賭博《とばく》に明け暮れる日々を送るいわば似たもの同士が結託しているだけだ。

ダグラスを産んだのも、後継者を作ればグラッドストーン一族内での発言権が確実なものになるからだと、目の前で言われたこともある。

——あれは愛情ではなく、利害で繋がっているだけだ。

両親のようになりたくないが、かといって理想の家庭像という物を持っている訳でもない。長として受けた教育は、あくまで一族全体を纏め守ることが前提だ。

「私は信を大切にしたい。しかしどう接すればいいのか、答えが出ないんだ」

「いきなり抱いたことは後悔しても仕方ない。とにかく謝って、信君の信頼を得るのが先決だろ。変なプライドとか忘れて、互いの気持ちを近づけていくことが大切だ」

「簡単に言うな」

「簡単な事だろ。反省して、腹を割って話すこと。信君から罵倒《ばとう》されるのも覚悟しとけよ」

これまで関係を持った相手に、ダグラスは頭を下げたことなどない。

むしろ相手の方がダグラスの機嫌を伺い、良好な関係を保とうとしている姿なら飽きるほど見て来ていた。

大体はダグラスが飽きてしまい、関係を断ち切って終わるのだがその度にフランツから『もう少し相手の気持ちを考えた別れ方をしろ』と言われ続けている。

「分かった。努力はしよう」

長い沈黙の後、ダグラスはため息と共に吐き出す。自分に非があると理解していても、認めるなどした事もない。

「お前にしては及第点てとこかな。そうそうお前の親が懲《こ》りもせず、代々継いでいる土地を売りたいと騒ぎ始めている。あの地には……ブランカ様もいらっしゃるのに」

珍しく、フランツが語気を強めた。普段は物腰も穏やかで、社交界では軽い遊び人と思われているフランツだけれど、祖母とダグラスが絡むと人が変わる。

それはグラッドストーン家一族の全員に共通するのだが、特に狼の血が濃いとされる者にとって、祖母の住む土地は特別なのだ。

「祖母が生きている間は、たとえ父であっても手出しはできない。申し訳ないが、私が正式な当主となるまでは祖母に役目を果たしてもらう事になる」

言葉は冷たいけど、ダグラスの表情は暗い。

狼耳を持った祖父が病死してから、祖母はグラッドストーン家が管理してきた土地を遺言に従い守っている。

数名の使用人が住み込んでいるとはいえ、管理地は広大で辺鄙《へんぴ》な場所だ。高齢の祖母になにかあっても、病院まではヘリを飛ばさなくてはならない。年齢を考えれば都会に戻って欲しいのが本音だ。

「あの土地は、グラッドストーンの先祖と、狼が契約を交わした場所。爵位を売った馬鹿な先祖でも、あの土地だけは手を出せなかった。煩《うるさ》く騒いで目障りだと思うが、祖母に迷惑がかからぬよう適当にあしらってくれ」

「ああ」

元々その土地は『狼の森』と呼ばれていた。

イギリスでは大分前に狼は絶滅しているので、今はその名だけが狼が存在していた名残となっている。他の地域では絶滅した狼を復活させるプロジェクトとして、国立公園に他国から運び込んだ狼を放ったりもしているが、島国であるイギリスではそう簡単に話は進まない。

なので広大な敷地にフェンスを巡らせ、あくまで『私有地を開放した保護区兼研究施設』という形にし、研究者と共に生態系を守りつつ繁殖を行っているのだ。かなり制約はあるが、それでも研究者達からすれば提供してくれるだけ有り難い事らしい。

祖父の父は、ダグラスの両親より散財癖が酷く爵位を売り払ってまで賭博につぎ込んだ無能と未だに語りぐさになっている。

『狼の森』も手放そうとしたけれど、長老達が止めて事なきを得た。そして『狼耳』の生えた祖父が生まれて当主となり、グラッドストーン家は爵位こそ失ったが、貿易会社を設立し持ち直したという経緯がある。

保護区はグラッドストーン家にとって大切な物だと長老達から事あるごとに言われてきたし、狼耳があるせいか土地への愛着も強い。

「父に権利はないが、私が伴侶を得たと知ればなりふり構わず行動に出る可能性が高い。披露目が終わるまでは、監視を強化してくれ」

子が『狼耳』を持って生まれれば、その時点で親子であっても地位は逆転する。ダグラスも次期当主として周囲から期待されて育ち、同年代の一族に比べれば発言権も大きい。しかしつがいを得るまでは、正式な当主として認められないのだ。

「もう私設の警備員を増員してある。ブランカ様の警護は任せておけ。お前は信君のケアを、第一に考えろ」

「全く、つがいにマーキングを施す大切な作業があるというのに……」

「ダグラス！　つがいとか、マーキングとかそういう物言いは止めろ！　特に信君の前では厳禁だぞ」

強い口調で念を押され、ダグラスは仕方なく頷く。フランツが出て行き扉が閉まると、肩を竦める。

「つがいを得るというのは、面倒な事でもあるのだな」

もしフランツが聞いていたら、数時間は説教をされるような事を呟きつつダグラスはソファに身を沈めた。

一週間ほどすると、どう足掻《あが》いてもこの屋敷から出ることは不可能だと信は理解した。

使用人達は信に対して好意的で、色々と気に掛けてくれる。

英語での意思疎通は十分に可能だが、親交を深めたいからとあえて日本語を習いに来る者もいるほどだ。

最初はダグラスの命令で仕方なく話しているか、あるいは見張るように言いつけられているのかと勘ぐったけれど、話すうちに彼らは心から信を大切に思っているのだと気付く。

——いい人達なのは分かるんだけど……。

未だにメイド達が、『奥様』と呼ぶのに慣れずにいる。

どうにか起きられるようになって、屋敷内を散策するのは許されているが、外出だけは庭でも一切許してはくれない。ネットと電話は、誰かの立ち会いの下なら、好きにしていいと言われていた。だから監禁されているとはいえ、信が望めば外部とは連絡が取れる。

だが肝心の継母とはあれっきり、連絡が付かないままだ。一度だけ父から手紙が届いたけれど、内容は『会社のためだ。我慢してくれ』と短いもので、全く頼れないと信は察した。

兄たちと繋がっていたSNSは全てブロックされており、自分を助ける気は全くないのだと諦めざるを得なかった。

そんな中、ダグラスが毎晩様子を見に来るが自分を犯した男と打ち解ける気も無いので信は無視を決め込んでいる。


「日本人が病気の際には、これを食べると知り合いから聞いた」

「……お粥《かゆ》？」

銀のトレイに乗った白磁の皿が、サイドテーブルに置かれる。

まだ体力の回復しきっていない信は、一日の殆どをベッドで過ごす。食欲も無いので回復は遅れ気味だ。

「私が作った物だ。口に合わなければ、食べなくていい。日本食のシェフを呼んで、新しく作らせる」

「ダグラスさんが作ったんですかっ？」

驚きを隠せず、素《す》っ頓狂《とんきょう》な声を上げてしまうが、ダグラスは相変わらず無表情で怒っているのか何なのかよく分からない。

「食べるか？」

「え、ええ……」

彼がキッチンに立つ姿など、想像も付かない。しかし嘘を言っているようにも思えず、信はベッドの上に起き上がり皿とスプーンを受け取る。

彼の行為を許したわけではないけど、食べ物に罪はない。

わざわざ取り寄せたらしい日本の米をすくい上げ、口へと運ぶ。

――美味《おい》しい。

しっかりと出汁《だし》が取ってあり、卵も均等に混ぜられている。

久しぶりに食べる日本食に、信は夢中になった。

――死んじゃったお母さんも、作ってくれたっけ……そういえばあの人も、うちに来た頃は僕が風邪を引くと凄《すご》く心配してくれた。

幼い頃は継母も優しくて、信が風邪を引いて寝込むと家政婦には任せずお粥を作ってくれたことを思い出す。

だが次第に相続の問題が現実的になるにつれて、継母も兄たちも冷たくなった。

――本当は、模試の前から……僕を嫌いになってたんだよね。

彼らが自分に対して冷たい態度を取り始めていたと、信は気がついていた。ただ認めるのが怖くて、知らない振りをしていただけだ。

成績が良くなれば、継母達も自分を見直してくれるかもと一縷の望みを持って勉強に励ん

だけれど、結果としてそれは家族の溝を深めるだけで終わってしまった。現実は余りに、残酷すぎる。

ダグラスに監禁されていると知れば、兄たちも心配してくれると思っていたが、蓋《ふた》を開けてみれば彼らは信を取り引きの道具として扱った挙げ句、父でさえ継母達の言いなりだ。

お粥を口にしたことで懐かしい日々が思い出され、信は自分の惨《みじ》めな状況を改めて自覚し

ぽろぽろと涙を零す。

「不味《まず》いのか？」

「いいえ……悲しくて……」

自分でもこの気持ちを、どう説明すればいいのか分からない。

家族に見捨てられた信は、自分を犯したこの男の元で生きていかなくてはならないのだ。

「その泣き顔は気に入らない」

「ダグラスさん？」

「食べ終わったらトレイに戻しておけ。後でメイドが片付ける」

何故か信が食べ終わるのを待たずに、ダグラスが出て行く。

——嫌われた？　それならそれで、構わないけど……。

つがいだなんだと一方的に決められて監禁されるより、放り出された方がマシかも知れない。

既に家族からは厄介者《やっかいもの》として見放されたのだから、これからどうなろうと誰も気にはしないだろう。

しかし信の考えとは反対に、翌日もダグラスは手製のお粥を持って寝室を訪れた。嫌われてつがいを諦めたのかと思いきや、どうも違うらしい。

――何考えてるのか、やっぱり分からない。

食事中、ダグラスとの会話は殆どない。相変わらず二人の関係はぎくしゃくしたままだが、夕食には必ず手製の日本食を持って訪れるダグラスを、信はいつしか心待ちにするようになっていた。

食べる量が増えると、自然と信の体力も回復に向かっていた。屋敷内を歩き回る頻度も増え、精神的にも大分落ち着いてきている。

「やっぱり、体を動かすと気持ちがスッキリするな」

家族の対応やダグラスに犯された事は、まだ深い傷として心に影を落としている。でもショック状態からは大分回復しており、執事やメイド達となら和《なご》やかに会話も楽しめるようになっていた。

昼の間、ダグラスは仕事で留守にしている事が多く、信も体調が良いときは日当たりの良い部屋でのんびりとお茶を楽しみながら時間を潰すようになっていた。

その日も相変わらずすることもなく、客間でメイドの淹《い》れてくれたお茶を飲んでいた信の元に、意外な客が顔を出した。

「失礼するよ」

ノックと同時に入ってきた青年には、見覚えがあった。

「あ……」

「パーティーの夜以来だね。覚えててくれたかな?」

自分を攫《さら》って、この屋敷へと連れて来た張本人を忘れられる訳がない。

「改めて自己紹介をしよう。俺はフランツ・グラッドストーン。ダグラスの従兄に当たる。これから君とは、長い付き合いになるからね。宜しく」

ある意味、信が巻き込まれた原因を作った張本人だ。怒りがこみ上げてきたが、穏やかで人当たりの良い笑みを向けられると何故か憎めない。

「突然誘拐してすまなかった。君が二年前に留学してきた日本人というのも、あの後知ったよ。言葉も流暢《りゅうちょう》だったから、てっきり長くこちらで暮らしているのかと思って、グラッドストーン家の噂も多少知っていると思い込んで行動していた。訳が分からない事もあっただろう。本当にすまない、今日はその説明に来たんだ……ああ、日本語の方がいいか」

「いえ、日常会話はできますから気になさらないで下さい」

立場としては、フランツの方が優位だ。しかし彼はダグラスとは違い、自身の非を認めて謝罪する。

何より驚いたのは、信が知りたいと思っている事を、言い当ててくれたことだ。

「噂って、ダグラスさんの狼耳のことですか？」

「その通り。こちらの社交界に長くいれば、噂でも耳にしていただろうけど――俺もダグラスの伴侶が見つかったって舞い上がってて、肝心な事を伝えるの失念していた。本当にすまない」

当然フランツにも、不信感はあった。だが誠実な口調と穏やかな雰囲気に呑まれ、信は『とりあえず話を聞こう』と思う。

向かいのソファに座ると、メイドがコーヒーを持って来てフランツの前に置く。そしてすぐに気を利かせて、二人きりにしてくれた。

「ダグラスが君に何をしたのか、全て聞いている。ただダグラスにも事情があるんだ。どうか彼を恨まないで欲しい」

「……そう言われても、やっぱり許せません。その事情を説明して頂けますか？」

完全に信頼はできないが、ダグラスよりは話が通じそうだ。

「困ったな。どこからどう話せばいいか……っと、また人前でやっちまった」

短めに揃えられた髪を、フランツが掻く。どうやら本気で困ると髪を掻くのは、彼の癖らしい。

「俺はダグラスの従兄だが、この通りがさつでね。あいつみたいに貴族らしく振る舞えない。だから君の誘拐なんて、酷い事も平気でする」

にやりと笑うフランツは茶目っ気があり、何故か憎めない。

「ええっと、今のは脅しとかじゃなくてかなり砕けた話をするって意味だ。だから疑問に感じたら、話の途中でもいいから何でも遠慮無く聞いて欲しい」

多少は信の気持ちを和《やわ》らげるために、大げさな物言いをしているのだろう。でもダグラスの無表情に比べればずっと話しやすいのは確かだ。

「じゃあ、僕を攫った理由を教えて下さい。ダグラスさんの、狼の耳のことも」

「まずは攫った理由から話そう。本当に狼耳が見える伴侶が現れたら、保護しなくてはならない。グラッドストーン家の決まり事だ――」

本当にという部分が引っかかったけれど、信は黙って先を促す。

「悪意を持つ一族の人間が、つがいと認められた人物を攫って殺害する事件が過去にあった。それを避けるための保護だ」

殺害と言われても、いまひとつ現実味がない。

「……それは分かりました。でも……どうして、その……」

自分を犯したのかと聞きたいが、いくら事情を知っていそうなフランツといえど告白するのは勇気が要《い》る。

「ダグラスが君にしてしまったことは、俺からも謝罪する。しかし本来なら、ダグラスのマーキングを受けないと危険なんだよ」

「マーキングって、動物が行う行動ですよね」

「嫌な言い方をしてすまない。俺もこういう言い方は嫌なんだが、事務的な単語として捉えて欲しい。決して君にペットみたいな感覚で接しているんじゃないんだ。他に適切な言葉が思い浮かばなくて……」

どうやらフランツも、説明に困っているらしい。

とりあえず今は、事情を把握するのが先決だと判断して、言葉尻を問い詰めるのは止めようと考える。

「話の腰を折って、すみませんでした。気分は良くないですけど、その言い方が適切なら構いません」

「ありがとう。マーキングの話に戻るけど、血の濃い血族は長の狼耳が見えると同時に、長にマーキングされたつがいの候補には手出しができない。これは説明しようがないんだが、本能で牽制されるらしい」

つまりダグラスも、半ば本能で信を抱いたのだと理解する。グループで行動する野生動物は、己のつがいだとグループ全体に理解させる手段として、マーキングという行為に出るとテレビで見た記憶があった。

「長老達に君がダグラスのつがいだと披露目ができるまでは、マーキングは欠かせない。たとえマーキングがされていても、一族の誰かが外部から人を雇って危害を加えようとすればそれは可能だ。だからこちらも、当分は君を見張る必要がある」

「その披露目が終われば、僕は自由になれるんですよね？　披露目って、いつなんですか」

つがい云々《うんぬん》はとりあえず考えないことにして、信はこの監禁状態から逃れる唯一の方法を尋ねる。

しかし返された答えには、曖昧《あいまい》な上にとんでもない条件が付けられていた。

「日取りに関しては色々と面倒な決めごとがあるんだけど、決める方法は長老達にしか伝えられていないんだ。それと一番重要なのは、信君がダグラスのつがいになることを心から望む必要がある」

「ダグラスさんは、交尾をしたらつがいだって何度も言ってましたけど」

屋敷の使用人達も信を客としてではなく、完全に当主の妻として扱っている。

「基本的にはそうだけど、無理矢理伴侶にするのは許されない。君は現に、ダグラスを避けているだろう。それもあって、日取りがなかなか決まらないんだ」

幾らダグラスの容姿が同性からしても見惚れるほどであっても、犯した相手の伴侶になれと言われて簡単に頷ける筈もない。

おまけにダグラスは、その特殊な生まれ故《ゆえ》か信を完全に『雌』扱いしているのだ。

「俺としては、君の安全を確実な物にする為にも早く披露目にこぎ着けたいんだ。……身内の恥だが、実はダグラスの両親が彼が家を継ぐ事に難色を示していてね。伴侶である信君が狙われる可能性がある」

伴侶がいなくなれば、正式に当主と認められないと続けられ信は小首を傾げた。

「ダグラスさんは、グラッドストーン家の嫡男なんですよね？　どうして反対するんですか？」

自分と継母、そして連れ子の兄たちとの仲は微妙だから相続の問題でぎくしゃくするのは分かる。

今回の件が決定打になってもまだ気持ちの整理がつかないけど、疎まれているという現実は受け入れている。

でもダグラスは、実子だ。

どうして実の両親が、跡取りのダグラスが継ぐ事を良く思わないのか理解に苦しむ。

「それは……ダグラスから直接聞いた方がいい」

口調から、その件は大分デリケートな問題だと察して信は話を変えた。

「あの、他にも気になることがあるんですけど」

「答えられることなら、何でも話すよ」

「一族の人が見えてるのなら、その中から相手を選ばないんですか？」

つがいに選ばれたのは、ダグラスの狼耳が見えたからだ。それならば時間をかけて探すより、近しい血族の者から相応しい相手を選んだ方が確実だろう。

「血の濃い者は、排除されるんだよ。本能に基づいた選別なのだろうね」

「でも僕は男です。子孫は残せません」

「確かに子を残すことは大切だ。しかし長を精神的に支える方が重要と判断された場合は、つがいの性別より性格が優先になる。過去の事例でも幾つかあった」

「でもそんな事……」

動物的な本能に忠実なのかと思っていたが、伴侶の条件はそんな簡単なものではないようだ。

「じゃあ、同性でも……セックスするんですか？」

「ああ『狼耳』の生えた者は、耳が見えるかどうかを重視するから、性別でのハードルは低いようだ。そのせいか、つがいとの絆《きずな》をより強いものにする為に性交を急ぐ傾向がある。以前も多少トラブルはあったようだけど、グラッドストーン家の家柄もあって相手も強く拒みはしなかったんだが……信君からしたらダグラスは強姦魔だよなあ」

フランツから見ても、あれは強引な行為だったと指摘され信は改めて自分が犯された時の事を思いだし身を固くする。

ただ疑問はあった。

「その……性行為を急ぐって言いましたけど、ダグラスさん一度きりで…その、今も何もしませんけど」

マーキングが必要だとフランツは言うが、あの夜以来ダグラスは信に触れようとしない。信も警戒はしているが、ダグラスも意識しているように感じる。

それを伝えると、フランツは目を見開く。

「あいつ、本当にそんな気遣いができたのか。いや、すまない。これまでいくら叱っても、改善されなかったからそこまで徹底してるなんて、正直驚いた」

「徹底？　他にもなにかしてたんですか」

「マーキングをしない代わりに、あいつは毎晩不審者の侵入がないか見張ってるようだ。仕事も早く切りあげて、この屋敷に戻っているのは知っていたが……」

ダグラスが部屋に来るのは、大体夕食の時刻だ。それまでは屋敷の中でダグラスを見かけたことはなかったから、あえて信の視界に入らないよう注意して行動していたに違いない。

けれど傍若無人な物言いは変わっていないから、彼の本心が何処にあるのか益々《ますます》分からなくなる。

「ダグラスは長老達から長としての教育を受けて育ってるから、ある意味我《わ》が儘《まま》だ。けれど本質として、つがいを大切にするっていう感情はある。君を無理に抱いたのは、長として『マーキングをして安全な立場にしたい』って気持ちが強かったんだと思う。でも君は、体も心も傷ついた」

狼は元々、家族を大切にする生き物だ。その気質が強く宿る狼耳が生えた者は、特に一族や伴侶を気に掛ける。

そう続けるフランツに、信はくってかかる。

「だからって、僕は無理矢理……されたんですよ。仕方ないですねなんて、許せるわけないじゃないですか！」

「信君の気持ちは分かるよ。俺だってダグラスを理解して欲しい気持ちはあるが、そう簡単に許してくれとも言えない。けれど君も、ダグラスが変化しつつある事に気がついているだろう？」

まるで見透かした様な指摘に、信は言葉に詰まった。

――僕が心配なら、警備員に任せればいいし。食事だってシェフに日本食を作らせればいいのに……。どうしてあの人は、毎晩来るんだろう。

「ダグラスは単純に耳が見えた伴侶として信君をあつかっているのではなく、一人の人間として愛しているんだよ」

そう言われても、犯された記憶が生々しく残る信にしてみれば詭弁《きべん》にしか聞こえない。

「すぐにあいつを信じてくれとは言えないが……」

最後まで口にする前に、扉が開く音がして信とフランツは同時に視線を向けた。そこには普段ポーカーフェイスの癖に、今は怒りを露《あら》わにしたダグラスが立っていた。

「お前が来てると聞いて、どこにいるのかと探してみれば、私のつがいを口説いているとはな。たとえお前でも、許しはしないぞフランツ。すぐに信から離れろ」

「落ち着け、ダグラス。お前が信君にこちらの事情を説明していないから、俺が話をしていただけだ」

威嚇するみたいに唸《うな》り、敵意を隠しもしないダグラスを前にしても、フランツは苦笑して肩をすくめただけだ。

余裕の態度に、信だけがおろおろと二人を交互に見つめる。

「なら尚更《なおさら》だろう。家の内情を伝えるのは、夫である私の役目だ。お前は余計な話をするな」

「正式な婚姻《こんいん》もまだなのに、亭主面するんじゃない」

「いいから出て行け。どういうことか、後で説明して貰う」

今にも殴りかかりそうなダグラスを前にして信が青ざめていると、フランツは堪《こら》えきれないと言ったように吹き出す。

「大丈夫。あれは俺に嫉妬《しっと》してるだけだからさ。それにしても、ダグラスは君が好きで理性がぶっ飛んじまってるようだ。信君には悪いけど、やっと誰かに愛情を持てるようになったんだな」

心から嬉しそうなフランツの言う意味が、信にはさっぱり理解できない。ただフランツがここに留まるのは彼の命が文字通り危険にさらされるのは分かる。

挨拶もそこそこに帰るフランツを見送ると、どうしてかダグラスは信を横抱きにして私室へ歩いて行く。

「あの、僕歩けますけど」

「顔色が悪い。長い時間会話を強《し》いられて、疲れているのだろう？」

特に意識はしていなかったが、抱いてくれるダグラスの手が心地よく感じるからやはり疲れていたのかも知れない。

——触られるの、嫌だったはずなのに。

服越しでも、触れられるのには抵抗がある。けれど今は、やんわりと伝わる彼の体温が心地よかった。

ダグラスは寝室に入ると、信の靴を脱がせてベッドへと横たえてくれる。

「夕食の前にまた来るから、それまでは横になっていろ」

「……はい。あの、ダグラスさん」

出て行こうとするダグラスを、どうしてか引き留めてしまう。ダグラスは嫌な顔もせず、

近くにあった椅子を持ってくると、信の側に座る。

「聞きたい事があるんです」

「何だ」

「あなたの狼の耳の理由、つがいとか。マーキングの事とか……マーキングをしないと、僕が危険だってフランツさんから言われました。その理由を貴方の口から聞きたいんです」

聞きたい事は山のようにあるが、フランツとの会話で重点は大分絞られていた。あれもこれもと質問するより、焦点を決めて質問した方がダグラスも話しやすいだろうし信も理解しやすい。

ダグラスの代わりに説明するといいながら、フランツの本心は信の疑問を纏める事にあったのではと気がつく。

「ならまず、この狼耳が生える切っ掛けとなった話をしよう。この地が統一されて間もない頃の遥か昔の話だ――」

ダグラスが語り出したのは、まるでお伽噺《とぎばなし》だった。

大昔、戦乱が繰り返されていた頃のこと。王に次ぐ広大な領地を統括していた貴族と辺境の地を縄張りとしていた狼は取り引きをした。

狼は民を襲わない代わりに、人間も狼を迫害したり必要以上に森を切り開かない契約をしたのだという。

しかし時代は流れ、狼は家畜に害を為《な》すとみなされて殺されていった。グラッドストーン家の領地で暮らす狼も例外ではなく、賞金を求めて入り込んだ密猟者の手により全て殺されたのだとダグラスが話す。

「大分前にイギリスの狼は絶滅している。今は研究者と協力をして、敷地を囲いそこで繁殖させているが、あくまで研究の一環で、国内で野生に戻す計画の承認は下りていない。つまり、私の家と狼の関係は……破綻《はたん》している」

「でも、ダグラスさんには狼の耳が生えてますよね。破綻しているなら、消えるんじゃないですか？」

昔話に詳しくない信でも聞いたことがある。目に見えない不思議な縁で結ばれた関係は、相手が消えたり去ってしまえば無効になるらしい。

日本で言えば、座敷童《ざしきわらし》のいる家は繁栄するが、出て行けば没落するという話と似たようなものだろうか。

ダグラスも信の指摘に、神妙な顔で頷く。

「私の祖先が契約した狼は滅びたが、未だに耳が生えるという事は彼らの血はグラッドストーン家の中で生き続けているという事だ」

どこか誇らしげな声に、彼が狼を対等の存在として考えているだと知る。

「先祖が契約した狼は約束の証として、人間の女性に化けた狼の娘を嫁がせた。以来、当主にふさわしい人物には狼の耳が生えるという伝説が生まれた。実際に長となる者には、血族と伴侶にしか見えない耳と尾が生える」

「尻尾《しっぽ》は？」

「収まりが悪いから、普段は消している。耳と違って自由に消すことができるから、それは有り難い」

すこし気になっていた事を尋ねると、珍しくダグラスが楽しげな微笑《ほほえ》みを浮かべた。

——そんな顔もするんだ。

可愛い、とは言いがたいが微笑むダグラスの目は人なつこく、いつもこうならいいのにと思ってしまう。

「見たければ服を脱ぐが」

顔を寄せてくるダグラスに、信は慌てて首を横に振る。

「い、いえ。結構です！」

「しかし、やはり顔色が優れないな。夕食には起こすから、休んでいろ」

強引に毛布を肩まで掛けられ、天蓋《てんがい》のカーテンを引かれる。薄暗いベッドの上で、仕方なく瞼《まぶた》を閉じると睡魔が襲ってきた。

——私有地で狼を繁殖させてるなんてすごいな。契約って言ってたけれど、それだけでできる事じゃないし。

保護活動には莫大な費用がかかると、信も知っている。いくら古の約束があったとしても、実行するダグラスは凄いと思う。

しかし彼の家のことや、肝心なマーキングの理由は聞けないままだ。

手放しでいい人だとも思えず、信は不信感を拭いきれない。

うつらうつらと微睡《まどろ》んでいるといつのまにか夕食の時間になっていたらしく、ダグラスが部屋へと入ってくる
「粥だ。今日は味付けを変えてみた」

マメな人だなと思う。

元貴族という立場を考えれば、自らキッチンに立つなど今までなかっただろう。最初はあまり味なんて気にしていなかったが、今は精神的に余裕が出てきたせいか味わってたべることができる。

——僕が作ったお粥より、ずっと美味しい。

とても料理が初めてだとは思えないほど、味が良いのだ。材料や道具が一流なのは想像が付くし、恐らくコックの指導も入っている。

しかし作り手が適当な人物なら、それなりの物しかできないのは明白だ。

「……毎日作って、面倒じゃないんですか？」

「大切な伴侶のためだ。時間など惜しくはない」

堂々と言い切られ、何故か赤面してしまう。自分が彼を嫌っているのは知っている筈なのに、自信満々に接してくるから不思議だ。

おまけに今日は、デザートにウサギリンゴまで添えられている。

——器用な人。イクメンになりそう。

食事中に会話はなく、ダグラスもあえて味の善《よ》し悪《あ》しを問おうとはしない。いつも通り完食して皿をトレイに戻すと、代わりにパジャマを手渡される。

「具合がよければ、風呂に入れ。ただ無理はするなよ」

「……はい」

「独り寝が寂しくなったら、私を呼べ」

ついびくりと肩を竦ませると、ダグラスが苦笑する。

「取って喰《く》ったりはしない」

——いきなり取って喰ったくせに。

警戒する信に、ダグラスが自然な動作で額《ひたい》に唇を落とした。

「お休み。良い夢を見られるように、満月の加護をかけておこう」

まるで子供を慈《いつく》しむようなキスだったので、怖くはなかった。信は礼を言おうとしたが、戸惑っている間にダグラスは空になった皿を持って出て行ってしまう。

「おでこにキスなんて、子供じゃないんだけど」

唇が触れた部分に手をやると、ほんのりと熱い。今日は何だか疲れてしまったから、このまま着替えて寝ようと考える。

「ダグラスさんのお陰で、良い夢が見れそうだし……って、こんな事で懐柔されたら、本当に子供じゃないか」

危ないと心の中で繰り返すが、自分の気持ちが変化しつつある事に信はうっすらと気がついていた。


翌日、ダグラスは珍しく、フランツの屋敷を訪れた。叔母への挨拶を済ませると、すぐさま口の悪い異母兄の部屋に向かう。

そして挨拶もそこそこに、本題を切り出した。

「そんなに私は信用がないのか？」

「少なくとも、信君に関しては」

きっぱりと言い切るフランツに、ダグラスは眉を顰めた。

不機嫌を露わにしても、昔からフランツだけは全く動揺しない。それどころか肩を竦めて茶化したり、言い合いの内容によっては叱りつけることもある。

たった一歳しか違わない腹違いの兄は、次期長となる事を約束されているダグラスにも相変わらず容赦がない。

数日前、信の部屋に無断で入ったフランツだが、あの日以来ダグラスの居る本邸には少しばかり顔を出すだけで、仕事の話をするとすぐに自宅へ帰ってしまう。

「お前の許可なしに、伴侶である信君の部屋へ入ったのは、俺の配慮が足りなかった。それは申し訳なく思っている。けど、一度話してみて感じたのは、信君がお前に対して酷く怯えているという点だ。伴侶は長から無償の愛を受けて、幸せになるものと教わっていたが、全くそんなふうには感じなかったぞ」

将来側近としてダグラスを支える立場であるフランツは、幼い頃から己の立場を弁《わきま》えていた。

普段ならば長の許可なく伴侶の部屋に立ち入るという暴挙に出るなど、考えられない。

――それだけ私が、長として未熟だったという事か。

フランツが怒るときは、必ず正当な理由がある。ダグラスはソファに凭《もた》れて紅茶を飲み干すと、気持ちを整理する。

「私の方こそ、酷い事を言ってしまった。すまない」

「信君を攫った俺も悪かったからな。伴侶が見つかって浮かれてたのは、ダグラスだけじゃない。館の連中も平静を装ってるが、内心は大喜びしてる。だからお前だけを責めるのはどうかと思ったんだけどな。やっぱり一言、伝えるべきだと思ったんだよ」

テーブルを挟んで深く腰を下ろしたフランツは、困ったときの癖で頭を掻く。

そんな従兄の姿を前にして、やはり自分が間違っているのだろうとダグラスは考える。どういう訳か信の事になると、感情が高ぶるとダグラスは自覚していた。しかし原因が分からない。

「伴侶を得ると、どうも己の感情を制御できなくなるようだ。これも本能のせいなのか」

あるとすれば、信が『つがい』である、という事だけなのだ。

『つがいだから当然』という意識で抱いてしまったけれど、次第に信という存在が気になり出していた。その証拠に、毎晩信を見舞い、彼が唯一完食してくれるお粥もずっと手作りをしていた。

それを正直にフランツへ伝えると、彼は驚きもしないどころか呆れ顔で諭される。

「お前は信が好きなんだよ。いい加減に、つがいの括《くく》りだけで物事を考えるのは止せ」

「しかし私は、グラッドストーンの長だ。つがいを忘れるなど……」

「そうじゃなくって、『つがい』だから好きって考え方を止めろって言ってるだけだ。お粥を作ったり甲斐甲斐《かいがい》しく世話をするのは、伴侶だからという理由だけじゃないだろ。純粋に好意を持ったからじゃないか？」

問われて考え込むダグラスだが、やはりフランツの言葉がよく分からない。

兄弟の情はフランツと接する事で知ったが、両親と離れて生活していたダグラスはつがいと恋愛の違いがどういうものか分かっていない。

「どうすればいいだろうか？　私はつがいに対する接し方は教わったが、恋愛感情をもつというのは分からないんだ」

「ったく、長老達も肝心な所を投げたな。ともかくお前は、信君と話し合って、互いを理解する努力をするしかない」

「それは兄弟や親族も同じだろう」

「愛しい相手とは特別なんだよ。もっと心の内側をさらけ出せ」

既に十分、信の質問には答えているし隠し事もないと思っているが、ダグラスは反論せずフランツの説教に耳を傾けた。

「信君は気丈にしているけど、内心不安だろ。家族とも上手くいっていなかったようだし……今回の件で、溝が決定的になっちまってる。こっちにも責任はあるから、無視はできない」

「自分に自信がないように見えるが、それが理由か」

納得したものの、ダグラスからすると信の心理はやはり理解に苦しむ。

「しかし嫌ならば、言い返せばいいだろう。信は頭がいい、要領よく立ち回る方法も思いつくだろう」

「そういう問題じゃないだろう。ダグラスの方が特殊なんだ。幼い頃から長として教育されてきたお前と、実母を亡くしている信君とでは境遇が違う。一番の要因は、性格だろうけどな」

「昔からそうやって、私の性格や思考に文句を付けるが……長として、なにか間違っているのか？」

フランツ以外で、ダグラスの言動に正面から異議を唱える者はいない。実母の代わりにダグラスを育てた乳母や教育係も、甘やかすことはなかったが基本的には『長として当然の言動』と肯定的だ。

長老と称される祖父の姉弟達もダグラスの下す決定は基本的に承諾するし、ダグラス自身もグラッドストーン家の不利益になるような真似はしてこなかった。

むしろ父の散財を咎め、銀行の口座を強制的に凍結した実績も持つので、長として認められている。

「間違っているとかじゃなくてだな。伴侶相手には、長だのなんだの関係ないんだよ。これから生涯を共にする、大切な相手として尊重するのが当然なんだ。ともかく、君は信君ともっと話し合うべきだ」

「大切にしたつもりだ。つがいの証として、マーキングも済ませたのにあれから拒んでいるのは信の方だぞ」

どうしてフランツが自分を責めるのか理解できないが、このまま放置していい問題でないのも分かる。

「俺が何を言っても無駄なようだな。それじゃ提案だ。いつまでも信君の機嫌を損ねていても、不都合が増えるばかりだろう？　それを避けるために、話し合いの場を持て。別に堅苦しいものじゃなくていい。散歩に連れ出すとか、一緒にお茶を飲むとか……そのくらいの時間は取れるだろう？」

「しかし……」

「お前らしくないぞ。仕事は当面、俺に任せておけ。今からでも信君の所へ行って、話をしてこい」

毎晩、信の元へ通っているのにこれ以上することはないと、ダグラスは思っていたがフランツに言わせればまだ足りないようだ。睨み付けてくる頑固な従兄に、ダグラスは鷹揚に頷いて見せた。


屋敷に戻ったダグラスは、早速信を庭園へと連れ出した。

最初は怪訝そうな顔をしていた信だが、久しぶりに屋敷の外へ出られるとあってすぐに機嫌は良くなった。

手入れされたバラの庭園を案内すると、強《こわ》ばっていた信の表情が次第に穏やかな物へと変わっていく。

――愛らしいな。

バラの花びらを触る仕草や、色合いに見惚れる眼差し。何気ない動作の全てに、視線が釘付けになる。

「綺麗ですね」

「庭師が特にバラに力を入れている。お前が来てから、信の名を付けた新種を作ると張り切っていたぞ」

「大げさですよ！」

笑う信を見て、ダグラスは穏やかな気持ちになる。こんなふうにバラ園を見て回ったのは初めての事だ。

「別の庭園もあるぞ。お前の具合が良くなったら、乗馬にも行こう。向こうの丘へ登ると、湖が見える。きっと信も気に入る」

無意識に信の髪を撫でてしまうが、信は少し驚いた顔をしただけで逃げようとはしない。それを嬉しいと感じる。暫く無言で庭園を散策していた二人だが、疲れた様子の信に気付いたダグラスは石造りの東屋《あずまや》で休もうと提案した。気を利かせてメイドがお茶と菓子を持ってきてくれたので、ちょっとした茶会のようになる。

メイドが下がったのを見届けてから、信が徐に口を開いた。

「あの……」

「聞きたい事があれば言え。伴侶が不安になるのはよくない事だと教えられている」

「グラッドストーン家は、元貴族だって聞いてます。その……」

「財産が気になるのか？　お前に不自由させないだけの蓄えはあるから安心しろ」

「いえ、そうじゃなくて。前から不思議だったんです、貴族でも今は普通の会社で働いている方が多いし、大学でも貴族の友人はいますけど僕と変わりない生活をしてて」

信の疑問に合点がいったダグラスは、静かに語り出した。

「確かに現在は爵位持ちの者も少なくなったし、昔のような生活を維持している者は少ない。幸いグラッドストーン家は、爵位こそ譲ってしまったが殆どの土地はそのままだ。維持できたのは狼耳を持って生まれた亡き祖父が立て直したお陰だ」

「そうなんですね」

「しかし私の父は浪費家で、全てを台なしにしようとしている。私は父の地位を奪うために生まれた。それだけの能力と定めを背負っている」

これは昔からの決まり事だと説く。しかし信は浮かない顔で、俯いてしまう。

「やっぱり、僕にはあなたの伴侶となる資格はありません。僕は実家から、見放された身です。あなたを支える力なんてないんです」

継母から疎ましく思われ、たとえ大学を卒業しても父の会社に入ることは許されない。こうしてダグラスの愛人として扱われる事だけが、唯一の生きる道だと信は自虐的に口にする。

「あなたの狼の耳が見えるから、伴侶になっただけなんでしょう？　恋人にするならパーティーの時側にいた女性のような人がいいと思います」

「どうしてお前は、選ばれても尚、自身を卑下《ひげ》するんだ？」

長老達に引き取られてから、『狼耳』の見えた相手が伴侶だと教えられてきたし、ダグラス自身それが当然と思っていた。

だから疑問に感じている信が分からない。

これまでのダグラスなら、苛立《いらだ》ち怒鳴っていただろう。だが感情の波を抑え、冷静になろうと努力する。

そんな変化を、信は敏感に感じ取ったらしい。珍しい物でも見るように、ダグラスを凝視している。繊細な伴侶を前に、ダグラスは益々自身を律しなければと気持ちを改めた。

「怒ってる訳ではない」

宥《なだ》めるように手を取る。小刻みに震えている手は華奢で小さい。

守らなくてはならない相手だと改めて確信する。

「幼い頃から私は、狼耳が見えた相手がつがいだと教えられてきた。それは感情で計れるものではないとさえ言われたこともある。しかし今なら分かる。私は信を愛している。好きになった気持ちは嘘ではない」

耳はあくまできっかけに過ぎないのだと、必死に訴える。真摯《しんし》に話す自分に、ダグラス自身も内心驚いていた。

——心をさらけ出すというのは、こういう事か。

他者には聞かせたくない本音が、信を引き留める為ならばすらすらと口から出る。取り繕うこともない、心からの思いだ。

「確かに伴侶としても、私は信を求めている。一族以外で狼の耳を見られるのはお前だけだからな。だがそれだけではない。誰かを愛したのは、お前が初めてだ…私はお前が欲しい。お前さえいてくれればいい」

引き合わせる目印みたいな物だと何度も力説すると、信が自分から体を寄せてきた。

「そんな困った顔を、しないで下さい」

「信、分かってくれたか」

「僕こんな真剣に欲しいなんて言われたの初めてです。本当にありがとうございます。でもやっぱり家柄も違うし……」

頰を赤らめている信は愛らしく、押し倒したくなる本能を必死に押さえる。

「祖父と祖母も偶然の出会いだったと聞いている。祖母は元メイドだそうだ」

「ダグラスさんのお爺《じい》さんも、耳が生えていたんですよね？　そういえば、その耳ってグラッドストーン家の人には生える物なんですか？」

興味津々の信に、ダグラスは少し考えてから告げる。

「以前は嫡子には必ず生えていたようだが、ここ数代は全員に生えてくるわけではない。無能な者に生えないのは当然だが、グラッドストーン家に問題が無いときならば、生えてはこない。良くも悪くも、波乱が生じた際に耳持ちが生まれる」

「だから狼耳を持って生まれた人は、大切にされるんですね」

「爵位は祖父の父、私から見て曽祖父が売り払ってしまった。当時の長老達が長年大切にしてきた土地と幾ばくかの財産は死守したが、相当散財したらしい」

僅かな財産から会社を興し家を守ったのが祖父だが、心労が祟《たた》って早世した。そして祖母は、祖父を支え教えを守り、今でも一人で土地を守っている。

「しかし祖母も高齢だ。もしも病気や怪我《けが》をすれば、あの辺鄙な土地ではとても暮らしていけない。私は亡き祖父の意志を継いで、この家を繁栄させる義務があると同時に、森を守らなくてはならない……すまないつい…」

無意識に強い口調になっていたらしく、信が黙り込んでいたのに気付けなかった。

「いえ、ダグラスさんの考えている事が分かって、嬉しいです」

そっと手を重ねるが、信は珍しく振り払わない。そっと指を絡めても怯えた様子はないのでほっとする。あの夜から数週間過ぎたが、ダグラスは信と手を繋いだのは初めてだと気がついた。

「私はもっとお前を大切にしたい。しかし方法が分からない」

信は無言で何か考え込んでいるように見える。

「お前に触れていると、冷静でいられなくなる。言い訳にしかならないが、お前の意志を確認せず抱いたことは謝る。許せ」

「……普通は、もう少し…下手《したで》にでるものですよ」

「間違っていたか?」

謝り方を教わっていないダグラスなりに、精一杯の謝罪をしたのは分かったのか信は声を上げて笑った。

「ダグラスさんくらいぶっ飛んでると。怒ってることとか、なんかどうでも良くなります」

怒りを通り越して呆《あき》れているのか、それとも本当に楽しんでいるのか判別が付かない。ともかく信に呆れられたくなくて、ダグラスは信の前に膝をついた。驚く信に構わずその手を取り、指先に口づける。

「どうか伴侶となって欲しい。私は君のためならば、なんでもしよう」

唐突な告白に、信の困惑が伝わってくる。

「——少し……考えてみます」

しかしそう言うだけで、信は許すとも許さないとも言わない。今までのダグラスなら怒っていたが、今は返事を待とうと思える。

申し訳なさそうに俯く信が可愛《かわい》らしくて、ダグラスは無意識にそのこめかみへと唇を寄せていた。


翌日は珍しく、起こしに来たのはダグラスではなく部屋付きのメイドだった。館に常駐する使用人の中で唯一日本で長期の滞在経験があるという理由で抜擢《ばってき》された女性だけあって、細かい気遣いもしてくれる。

聞けば上の兄と同い年で、幼い子供もいると教えてくれた。

話し相手が限られる生活の中、彼女の存在は疑似的な姉のようになってきていた。ただ彼女がグラッドストーン家の使用人という立場上、そう踏み込んだ話はしないようにセーブしている。

過剰に親しくして彼女が余計な探りを入れられても申し訳ないし、逆に信《しん》の話した内容がダグラスに筒抜けになる可能性もある。

そんな微妙な間柄だが、館に来た当初よりは砕けた会話をするようになっていた。

「お早うございます。奥様」

「……お早うございます」

使用人達は信がダグラスの伴侶として迎えられたと教えられている。なので執事以外の使用人は、みな信《や》を『奥様』と呼ぶのだ。

初めこそ止めて欲しいと訴えたけれど、当主ダグラスの命令はやはり撤回できなかったらしく、老執事以外の使用人は呼び方を改めてくれていない。

「ダグラスさんは？」

「旦那様《だんなさま》は、本日早朝より会議が入りました関係で、既《すで》に出社しております。お戻りは二日後になると聞いておりますが」

きょとんと目を見開いた信の表情から、聞かされていなかったとメイドは悟ったらしい。

「お知らせになっていなかったのですね。そういえば、プレゼントを取りに行くと仰《おつしや》っていましたけど……きっと奥様が喜ぶ物を持ってお帰りになりますよ」

二人の関係はまだぎくしゃくしたままだと、使用人達も知っている筈《はず》だ。なのにまるで二人は結ばれると信じて疑っていないような物言いをする。

訂正したところで、彼らには一般常識が通じないのは分かっているからあえて追求はしない。

「旦那様は留守の間、奥様が退屈しないように気を配ってやってくれと何度も仰ってました。仕事の関係で電話は難しいのですが、お声を聞きたければできる限りのことは致します」

「いえ、大切な会議中に電話をするなんて非常識な真似《まね》はしませんよ。それに、仕事が終わっても、出先だと疲れてるでしょう?」

屋敷に滞在している間ダグラスは頻繁に信の元を訪れていたが、常にノートパソコンを持ち歩いていた。

初めて彼を見た時は、仕事などせず毎晩パーティーに明け暮れているような印象を持ってしまったけれど、真逆と知って今では内心反省している。

——有能な人なんだろうな。

基本的にダグラスは真面目《まじめ》で、元が付くとはいえ伯爵の名を持つグラッドストーン家の次期当主の義務を果たそうとしている。

現在では、大半の貴族が『元』となりごく一般的な生活をしているか、あるいはプライドを保つために借金をしてでも豪華な生活をしていると聞いていた。ただ貴族だというだけで、裕福な暮らしをする者は限られ、逆に台頭してきた商人に爵位を買いたたかれ生活のために売ってしまうのだと聞く。

留学するまで貴族の知識なんて映画の受け売り程度しかなかった信は、大学で貴族の子息と友人になり、初めて彼らの生活が決して楽ではないと知ったほどだ。

それを考えれば、ダグラスの経営能力は突出したものだろう。傍らで補佐をするフランツの尽力も勿論《もちろん》あるだろうけど、持って産まれたリーダーシップは特別なものだ。

自分を抱いたのは『長としての義務』だからなのかと、庭園で告白されたとき考えてしまった。そしてダグラスの言葉で、彼は上手く感情表現ができないと気付く。

——仕事は有能だって聞いてたし、社交界でも凄《すご》く人脈がある。コミュニケーション術には長《た》けているはずなのに。

そこまで考えた信は一つの結論にたどり着く。けれど、余りにも都合が良すぎる答えだから認めていいのか悩んでしまう。

——僕と話す時だけ。ダグラスさんも、緊張していたって事？　……だしとしたら、ダグラスさんの言うとおり、僕は特別……？

屋敷の使用人達は、信を次期当主の妻として扱ってくれる。堅苦しいのは苦手だと訴えて、大分改善されたけれど彼らは信をダグラスに次ぐ主だという態度だけは崩《くず》さない。

狼耳《おおかみみみ》が見えるというだけで、この待遇だ。だとすればダグラスの対応も納得がいく。これまで傅《かしず》かれることしか知らなかった彼が、つがいと呼ばれる特別な相手を得られたのだ。

——色々、あったんだろうな。

彼の生い立ちや立場は、信以上に複雑すぎる。そんな中で、弱音を吐くこともなく、実の両親とも疎遠になりどれだけ心細かったかと思う。

しかしダグラスは、それを『寂《さび》しい』という感情だと気がついていないのだ。弱みを見せないように教育されてきたダグラスが、蟠《わだかま》る心の内を吐露するのにどれだけ勇気が要《い》っただろう。

「悪い人じゃない」

言い聞かせるように、呟《つぶや》いてみた。ただ出会った直後の行動が、互いの価値観が違いすぎていたせいで、ねじ曲がっただけだ。

現にもう、自分はダグラスに対して嫌悪以外の感情を抱《いだ》いている。犯した相手に持つ物ではないと思うけど、無理矢理気持ちを押し殺してダグラスを憎むのも間違っている気がした。

「あの人はちゃんと向き合って話せば、理解してくれる」

そうでなければ、毎晩信の元に手作りのお粥《かゆ》を持って来たりはしない。

信は考えた末に、ダグラスが戻って来た時に好きなお茶を用意しておきたいとメイドに相談したところ快く協力に応じてくれた。


メイドが教えてくれたとおり、ダグラスは二日後の夜に帰宅した。

あらかじめ信はメイドに『ダグラスにお礼をしたいから』と話を付けて、彼が戻ったら信の部屋で夕食を取ってもらう計画を立てていた。本当はお茶だけにしようと考えていたのだけれど、メイド達と相談するうちに食事のお礼も兼ねて信手製の夕食を振る舞う事に決まった。

執事にも協力して貰《もら》い、ダグラスの私室に臨時の食卓を用意して待っていた信は、満面の笑みで入って来たダグラスに抱きしめられる。

「こんな素晴らしいプレゼントは初めてだ」

「お疲れのところ、すみません」

「いいや。お前の誘いを私が断るわけがないだろう」

テーブルには信が作ったハンバーグと、味噌《みそ》汁。そして卵入りのお粥も用意してみた。ダグラスの味覚に合わなかったときのために、料理長には別の料理も頼んだのだがみんなして『ダグラス様が奥様の手料理を食べない訳がありません』と取り合って貰えなかった。

「口に合わなかったら、残して下さい」

「食べる前から、否定的な意見を言う物ではないぞ。信」

「……すみません」

「謝る癖は直せ。お前が理由もなく済まなそうに俯《うつむ》くのは見たくない」

顎《あご》に指を添えられ、上向かされる。まだ外気の冷たさが残る唇が頬《ほお》に触れた。信が抗《あらが》わず大人《おとな》しくしていると、ダグラスは機嫌を良くしたのかもう一度強く抱きしめてから上着を脱ぐ。

——なんだか、家族みたいですごく幸せだ。

それから夕食は、和《なご》やかに進んだ。ダグラスの命令でメイドは付けず、二人きりで食事を楽しむ。メイド達が言ったとおり、ダグラスはどの料理も残さず食べてくれた。

食後には、わざわざシェフが取り寄せてくれた日本茶を淹《い》れて出すと、それも気に入ってくれたのかお代わりまでしてくれた。

これまでぎくしゃくしていた日々が嘘《うそ》のように、二人は他愛のない会話をして食事を終える。

「……言わなきゃいけないことが、あるんです」

最初に切り出したのは、信からだ。彼との関係を変えたいと思って、この夕食会を計画した。だから自分から打ち明けるのが筋だろう。

「貴方《あなた》を初めて見た時……すごく綺麗《きれい》で、格好良くて目を奪われました。外見も素敵だけど……でもいきなり…あんな事をするから怖くなって。だけど今までお話ししてきて毅然《きぜん》とした考え方をする凄い人だなって、改めて知ることができて。それでダグラスさんと、ちゃんと向き合って話したいって決心したんです」

言ってから急に恥ずかしくなり、信は赤面してしまう。でもここまで来て有耶無耶《うやむや》にしては意味がない。

――まずは僕の事を知って貰わないと。

ダグラスは『狼耳』が見えるのなら、無条件で伴侶だと言っていたがやっぱり人となりを知ってもらった上で、どう思っているのか知りたい。

「僕はとても弱い人間です。家のために何かしたくても邪魔者扱いされるだけで、それを説得して乗り越えることもしてません」

幻滅されても仕方がない。だが狼耳が見えただけで特別扱いされ続けても、実績を伴わなければいずれはダグラスも彼の親族も信を選んだことを後悔するだろう。

「幼い頃に母が亡くなってから、父の再婚相手と新しくできた兄たちに気に入られたくて、それればかり考えていました。僕はダグラスさんのように、強くないんです」

黙っているダグラスを見ていられなくて、信は次第に俯いていく。

「誉《ほ》めて貰おうと思って、勉強を頑張っても、良い成績を取る度《たび》に、継母《はは》は逆に笑わなくなっていったんです」

「実子でないなら、頭の良い子供は疎まれる。お前の話を聞く限り、継母の連れ子より信の方が頭の出来は良かったのは明白だ。恐らく遺産の分配で、揉《も》めると勝手に考えたのだろう」

「でも僕は会社は兄たちに任せて、家を出るつもりだったし。それは継母にも話をしたんです……」

「僅《わず》かでも猜疑心《さいぎしん》が生まれれば、覆《くつがえ》すのは難しい。私の親はいくら説得しても私が一族の長になったら両親から財産を取り上げて一族から追い出すと思い込んでいるぞ」

顔を上げると、悲しげに口の端を上げるダグラスと視線が合う。

「浪費癖のある愚かな者だが、一族から追放するつもりはない。何度も弁護士に書類を託して財産の保証を約束しているが信じないから厄介《やっかい》だ。血の繋《つな》がりがあっても疑うのだから、全くの他人なら尚更《なおさら》だろう」

これまで見ない振りをしてきた現実を告げられ、信は胸が痛む。けれど冷静に告げられた事で、ほっとしたのも事実だ。

「なんとなく分かりました。でも僕の親が再婚だから、継母が僕を信用できないのは納得できます。けれどダグラスさんは、一族の中でも特別なんでしょう？　ご両親が血の繋がった、たった一人の子供を憎むなんて。僕には理解できません」

これまで聞かされた話から察すると、狼耳の生えた者は長としての役目を担う。一族を導く力のある者で、むしろ必要不可欠な存在だ。

歓待されこそすれ、忌み嫌われるとは思えない。

しかしダグラスは、首を横に振る。

「耳のある者が生まれなければ、直系の長男が長を引き継ぐ。私の父がそうだ。そして次の代に耳のある者が生まれたら、耳付きに伴侶ができた時点で隠居しなくてはならない。従わなければ、一族から追放。最悪の場合は財産も没収される。そういう先祖もいた」

ぴんと立っていた狼耳が、幾らか伏せられる。

「『狼耳』を持って生まれた子供を、皆が祝福するわけではない。それは実の両親でも、同様だ。私の親のように、子を憎む者もいる」

それならば、伴侶を物理的に排除するか、最終手段としてダグラスを殺し両親の言うことを聞く養子を取るだろうと淡々と話す。

「私の親が浪費家だと話をしたが、それだけではない。フランツは君に、『従兄《いとこ》』だと自己紹介しただろう。あれは嘘だ」

絞り出すように告げるダグラスの喉《のど》から、唸《うな》り声のような音が聞こえる。

「フランツは私の……母の違う兄だ。父が彼の母を騙《だま》し、産ませた子だ。知っているのは、血族の者達だけだが」

「え……」

「彼の母は私の叔母《おば》という事になっている。父方の縁者だ。狼耳がなければ、自分の意志で結婚相手を見つける決まりだが道徳心の欠片《かけら》もない父は何人もの女性と関係を持っていてね。流石《さすが》に叔母がフランツを身ごもった事で長老方も目を瞑《つぶ》っていられなくなった。本来ならフランツの母と結婚させるべきだが、彼女にはグラッドストーン家の血が濃すぎて…伴侶の資格は得られず、代わりに父は一番気の合った私の母と結婚した」

「じゃあ、ダグラスさんのお母さんは、その事を知ってるんですか？」

「全て承知の上だ。むしろ騙された叔母を嗤《わら》い、息子であるフランツを私の右腕にしたお人好しだと陰口を叩《たた》いていると聞いている。そんな下劣な者達を、家族と呼びたくはない」

ダグラスの表情から、彼が怒りや悲しみの混ざり合った強い感情を抱いていると分かる。

確かにダグラスも遊び人として有名で、浮き世離れした彼の言動に恋人が振り回されることがあったと若いメイド達からそれとなく聞いている。けれど相手を意図的に追い込んだり騙したりといった非常識な真似はしないので、恨まれるようなことはないらしい。

「全て承知の上で、叔母もフランツも私を支えてくれている。二人には感謝をしているが、家族と呼ぶ資格が私にはない」

ずっとダグラスは、この葛藤《かっとう》を抱えて生きてきたのだ。自分達を傷つけた者を親に持つダグラスに、家族と変わらない愛情を与えてくれたフランツと彼の母の存在は大きい。

狼耳が生えている特別な次期長だという理由だけでは、献身的に支えるのは難しいだろう。ダグラスも、フランツ達が心から案じてくれていると分かっているから心を開いているのだ。

でもダグラスからすれば、彼らに対して常に罪悪感がある。

複雑な彼の立場に、信はかける言葉が見つけられずにいた。

慰めも同情も、違う気がする。

黙り込んだ信の手を、ダグラスがそっと握る。そしてポケットから、乳白色のブローチを取りだして信の掌《てのひら》へと置いた。

「お前を初めて抱いた翌日に、祖母へ報告に行ってきた。これは長のつがいとしての証だ。すぐに渡そうと思っていたのだが、お前が落ち着くまで控えろとフランツから釘《くぎ》を刺されてしまってな」

「ブローチ？　不思議な色合いですね、カメオですか？」

楕円形の土台に、狼が掘られている。年代物なのか所々すり減ってはいるが、美しい装飾と精巧な狼の姿に腕の立つ職人が作ったのだとわかる。

「グラッドストーン家と契約を交わした狼の骨を削って作られたと、伝えられている。狼耳の伴侶となった者が受け継ぐしきたりだ。お前をつがいとして迎えると話をしたら、祖母から託された」

「そんな大切な品物、僕が受け取るわけにはいきません」

信は驚いて、思わずダグラスに返そうとしてしまう。

「私のつがいとなるのを拒むのか」

命令ではない、懇願のような声に信は驚きを隠せず目を見開く。これまで尊大な態度ばかり取ってきた男が見せた意外な一面に、信は困惑した。

伏せられた耳が、彼の心情を物語る。

彼は自分に拒まれることを、恐れているのだ。

――ダグラスさんが僕にしたことは、愛情を知らなかったから…なんて理由じゃ片付けられない。でもこの人なりに、謝ってくれてたのは分かってる。

信がお粥を口にした日から、彼は必ず手製の食事を用意してくれた。メインはお粥だが、他にも日本食の料理人を呼び寄せて習ったと聞いている。

ダグラスの料理はとても美味《おい》しいのだが、時々盛りつけがいまいちだったりして、見た目が良くないこともあった。だが、忙しい彼が文句も言わず毎日作ってくれるだけで、素直に嬉《うれ》しい。

「私は母の愛情を知らない。お前は知っているのだろう？　羨《うらや》ましく思う。もし信が私を受け入れて家族となってくれたなら、私に家族の愛情という物を教えて欲しい」

「ダグラスさん……」

これはダグラスの本心だと直感する。

ずっと長として一族を導くことだけを教えられて来たダグラスにしてみれば、愛情とは未知のものだ。フランツやその母親から注がれる愛情には忠誠心が混じっていて、純粋な家族愛とは違う。

フランツは『狼の血を引くとされる狼耳を持つ長は、本能で家族を大切にする』と言っていたけれど、ダグラスはそれを実感することなく生きてきた。なのに周囲は知っている事を前提としており、彼自身も分かっていると思い込んでいたから『つがい』と認めた信の心を尊重せず只繋がりを求めて乱暴したのだろう。

そして信自身も、今のダグラスの言葉を受けて忘れていた感情を思い出していた。

――そうだ……僕は母に、愛されてた。

亡くなった母は、自分の体調が優れない時でも信が風邪を引けばお粥を作ってくれたし、幼い信がぐずると一晩中看病してくれたのだ。辛《つら》い事ばかりで忘れていた優しい日々が記憶の底から呼び起こされて信は涙ぐむ。

「信、そんなに嫌なのか」

狼狽《うろた》えるダグラスに、信は首を横に振る。

「ごめんなさい、ちがいます……死んだ母に愛されてたことを思い出せて、嬉しいんです」

ダグラスのお陰で、大切な事を思い出せた。ずっと独りぼっちだと思い込んで周囲に壁を作り、何処《どこ》か自虐的になって悲劇に浸っていた自分を恥じる。

「僕は家族に認められようと思ってたんじゃなくて、媚《こ》びてただけだって気がつきました。言いなりになるだけじゃなくて、お互いの気持ちを正面からぶつけ合える関係にならなくちゃ駄目だったんです」

「信？」

「僕と家族は、ここまで拗《こじ》れちゃったから戻すのは無理だけど……ダグラスさんとなら、大丈夫かも知れない」

半ば自分を鼓舞するように続ける。同性である自分がダグラスの『つがい』ならば、役目は彼を精神的に支える事だ。

　グラッドストーンという古い歴史を持つ家、そして今は経済的にも大きな力を持つ一族の長がバランスを崩せば、それは彼の家だけの問題ではなくなる。

「ダグラスさん。僕は僕一人で、貴方を支える事に、まだ自信はありません。でもダグラスさんと一緒に考えたり、語り合ったりすれば上手く行く気がするんです」

ブローチを握った手を、ダグラスの手に重ねる。

「私はどうすればいい」

「僕達の関係は…まだ全然上手くいってません。だからダグラスさんと話し合って、もっと貴方を知りたい。だから今日の夕食もその切っ掛けにしたかったんです」

不安も不信感も、まだ完全には消えていない。けれど信は自分もいつの間にか、この孤独な人に惹《ひ》かれていたと気がつく。

「従順じゃない伴侶は、気に入りませんか？」

全てに置いて、イエスマンにはなれないだろうと正直に告げる。するとダグラスは、余裕の微笑《ほほえ》みを返す。

「お前は私の伴侶だ、私が必要としている。今の信以上に、伴侶として相応《ふさわ》しい相手はいない」

狼耳が見えるという理由だけでなく、本当にダグラスから必要とされた伴侶になりたい。

でもふと、耳が見えなくなったらと思う。

――そういえば、ダグラスさんの狼耳が見えなくなったら……僕は必要じゃなくなるのかな？

パーティーの夜から耳が見えることを当然のように言われてきたから、見えなくなる可能性を考えたことはない。

使用人達の反応やフランツの言動、そして実際に狼耳を触ったことでグラッドストーン家の当主には狼の血が流れていると認めざるを得ない。そして伴侶は一族の血が濃くなりすぎないためにも外部から選ばれるという理屈は、理にかなっている。

しかし皆は、信が見えるという事実を喜ぶばかりで、耳が見えなくなったらどうなるのか教えてはくれない。だから仕方ないという理由にならないけど、今更事の重大さに気がついた信は唇を噛《か》む。

――この人を支えたいと決めたのに、今になって気がつくなんて……。

黙り込んだ信をダグラスは怯《おび》えていると思ったのか、強く両手を握ってくれる。

「安心しろ。誰にも、お前には手出しをさせない。たとえそれが、血の繋がった親族であってもだ」

彼の唇がこめかみに触れて、信は瞼《まぶた》を閉じた。

――もしかして、ダグラスさんの両親が怖くなって黙ったって……勘違いさせたかも？

訂正しようとするが、ダグラスは信の唇に指を当て優しく微笑む。

「取り繕っても仕方がないから正直に話すが、確かに両親はお前の存在に苛立《いらだ》っていて、何をするか分からない。だが私が必ず守る」

どうしてそこまで警戒しなければならないのか、信にはやはり理解できない。財産争いなら、自分も渦中にいたので分かるけれど、継母も信を疎んじたとはいえ直接的な危害を加えようとはしなかった。

「今のお前は、まだ正式な伴侶として披露目が済んでいない。一族の者に手出しをさせない為にも、マーキングが必要だ」

「マーキング?」

これまでも何度も説明されているが、今ひとつピンとこない。信にしてみれば、ダグラスからの求めは、単純にセックスがしたいだけだと思い込んでいたが、彼の表情からして認識が違うのだとやっと気付く。

「正式なつがいならば、キスだけでも十分だ。しかし親族への披露目が済んでいない今は、交尾が必要になる」

マーキングや交尾という、動物的な単語を並べ立てられるとどうも卑猥《ひわい》に感じてしまう。

「交尾をして受け入れれば、私に次ぐ地位が得られる。それはお前の身を守る為でもあるんだ」

「だったら…その、交尾は…初めて泊まった夜に、一度したじゃないですか」

真っ赤になって反論するけれど、ダグラスは真剣な表情を崩さず首を横に振る。

「一度だけでは足りない。披露目の前は、毎晩マーキングをしてもいいくらいだ。そうすれば一族はお前に手は出せない。昔、私と同じような立場にいた長の候補が、伴侶を攫《さら》われ殺された記録がある」

「殺すって。そこまでするんですか？」

身震いする信を安心させるように、ダグラスが肩を抱いてくれる。

「遠くへ追いやったり、純潔を奪うという方法を取った記録もあるがそれらは全て失敗したと書かれている。長と伴侶は生きている限り、どんな困難があろうと必ずつがいとなる。ただし、伴侶が長の全てを受け入れると覚悟した場合のみだが……」

つまり、伴侶が断固として長を拒むか、死を選ばない限り必ずつがうことになるのだ。とすれば、ダグラスとの仲を引き裂きたい彼の親は、信の死を望んでいる。そしてそれは、近いうちに何かしらの形で実行に移されるのだろう。

ダグラスが、自分の身を案じてくれているのは分かる。『支えて欲しい』と言われたが、自分にそんな大それた真似ができるとも思えなかった。

「疑うのも仕方がないか。しかし冷静に考えてみろ、私の親は既《すで》にお前の存在を知っている。なのに顔を見に来たことはない」

言われて信は、はっとする。

——ダグラスさんの言っている事は、嘘じゃない。

狼耳が見えなくなった場合の不安は消せないまま、答えを聞くのが怖くて問えない。けれどダグラスを拒むこともできず、信はダグラスに身を寄せた。

「……わかりました。ダグラスさん……あなたの言うとおりにします」

自分の口から『マーキングして欲しい』と言うのは恥ずかしくて、どうしてもぼかしたような言い方になる。

けれどダグラスは問い詰めることもなく、嬉しそうに目を細めた。

顎《あご》を捕らえられて上向かされた信は、キスをされるのだと気がついてぎゅっと目を瞑る。

「私がまだ怖いのか？」

「……こういうの、初めてで……どうしたらいいか、分からなくて」

信の恋愛経験は、デート止まりだ。それも高校生の時にグループ交際に近い形で付き合っただけだから、同年代と比べてもかなり奥手だと自覚はある。

「子供なのだな。分からないのなら、私に全てまかせていればいい」

頭を撫《な》でるダグラスに、信は唇を尖らせる。

「拗《す》ねた顔も、愛らしい」

さりげない仕草でダグラスが唇を寄せて、唐突に唇を奪う。軽く触れ合わせるだけのキスにも、信は首まで真っ赤になった。

「そういえば信を抱いた夜も、唇には触れなかったな。自覚はなかったが、随分と私も焦っていた」

「えっ？」

「伴侶を前にして、抑えがきかなかっただけだ。それに拒絶したお前にも非がある」

身勝手な言い分に、信は強く反論した。

「勝手な解釈をしないで下さい。いきなり、あんな事をされたら誰だって嫌がります」

「私を拒絶した相手は、お前が初めてだぞ」

大真面目に言っているから、たちが悪い。長の教育を受けて育ったという以前に、彼は生まれ持って他者を畏怖《いふ》させるオーラがある。

信も気付いていたけれど、それよりも自分のプライドを踏みにじられる事が悔しくて、彼を拒絶したのだ。

「だったら、素直な相手とだけすればいいじゃないですか」

つい口走ってしまう。つがいだからと我慢して抱くなら、彼に従順で従う相手を抱いた方が、ダグラスだって気分はいいだろう。

「お前以外、欲しくない」

強く抱きしめられて、信はダグラスに至近距離で見つめられる。

吸い込まれそうな蒼《あお》の瞳は美しく、見惚《みと》れてしまう。

——身勝手で傲慢《ごうまん》なのに、突き放せない。

「お前だけが欲しい。信と交尾をしてから、他の者に触れたいと思わなくなった。私の熱を分かち合いたいのはお前だけだ、信」

「……わかりましたから。貴方を受け入れるから……もう言わないで」

気恥ずかしくなるような事を平然と口にするダグラスに、信の方がいたたまれなくなる。

「では私の求愛を、承諾するのだな？」

——犯した人から口説かれて、なあなあにするなんて……良くないのに。

自分から彼を受け入れると決めたけれど、やっぱりダグラスの物言いには慣れない。上から目線だけなら仕方ないとしても、彼の持つ『動物的』とも言える感覚から出る単語はどうしても引っかかる。

なのに至近距離で微笑まれると、整った顔立ちに見惚れてなにも言えなくなる。信は真っ赤になりながら、ダグラスのプロポーズにこくりと頷《うなず》く。

「お前も受け入れる事に納得したのだから、今夜からは全身にマーキングをしよう」

耳や首筋に口づけられ、信はくすぐったくて身を捩《よじ》る。

嘗《な》められたり、甘く噛まれたりする度に背筋がぞくぞくして下半身が熱くなる。

「お前も私に香りを付けることを許す」

「僕が？　どうすればいいんですか」

「私がしているように嚙みついたり嘗めたり、慣れてきたら性器を嘗めて唾液《だえき》を擦《こす》りつければいい」

当然のように言ってのけるダグラスに、信は目元を染めて俯く。

――それって、僕がダグラスさんにフェラ……するって事？

マーキングとは、匂《にお》いを付けて自分の所有だと示す行為だ。動物によって方法は違うけれど、基本的にはもっとも大切な部分に香りを付ける。

勿論、信もダグラスも人間だから、たとえマーキングをしても香りが強く残るわけでもない。

「摑《つか》まれ」

「わっ」

いきなり抱き上げられた信は、隣室のベッドへと運ばれる。

そして覆《おお》い被《かぶ》さってきたダグラスに唇を奪われ、信は優しいだけとは違う全てを奪い尽くすような口づけに翻弄《ほんろう》された。

「ん……」

明らかにマーキング目的ではない、貪《むさぼ》るようなキスに息が上がる。口内を嘗められ、舌を吸われる。

角度を変えて繰り返されるそれに、信も拙《つたな》いながら応《こた》えていた。

――気持ちいい……。

時折唇を離して、ダグラスが名を呼んでくれる。薄く瞼《まぶた》を開くと、愛《いと》おしむように見つめるダグラスの蒼い目が至近距離にあって気恥ずかしくなる。

「お前は本当に、可愛《かわい》いな」

「ダグラスさん……その、やっぱり僕」

やっと唇が解放され深く呼吸した信は、これからする事を想像してしまう。

無理矢理された記憶が蘇《よみがえ》り、無意識に体が強《こわ》ばった。

「怖いのか？」

正直に頷くと信の頭をダグラスの手が、子供をあやすように撫でる。

「酷《ひど》い事をしたと今なら分かる。私に抱かれて、つがいになると言ってほしい」

そこまで口にして、どうしてかダグラスは気まずそうに首を横に振った。

「ダグラスさん？」

「言葉遣いには気をつけろとフランツに言われていたのを、失念していた」

彼の手が肌を滑ると、その部分が発熱したみたいに熱くなる。

「信。私を受け入れて、伴侶となれ」

確かに即物的な単語は消えたけれど、尊大な態度であるのは変わりない。それでもダグラスの気持ちは伝わってくるから、信は戸惑いながらも頷く。

「今夜は僕から誘ったんですから、覚悟はしてます」

「震えているぞ」

「へいき、です……っ」

乱されていた服はいつの間にか全て脱がされていた。裸にされた信の前で、ダグラスもシャツを脱ぎ捨てる。

初めての時は混乱していた上に、背後から抱かれたので彼の裸は見ていない。

「どうした、信」

着痩《きや》せするタイプなのか、ダグラスは想像以上に逞《たくま》しく羨ましく思えるほど整った体躯《たいく》をしていた。

「いえ……あの」

「私に見惚れて、欲情したか。瞳が潤《うる》んでいるぞ」

「ち、違います！」

からかうように言いながら、ダグラスが愛撫《あいぶ》を続ける。鎖骨や胸をやんわりと噛み、薄い肌を吸い上げて赤い痕《あと》を散らす。

「目に見えるマーキングが必要だからな」

「……はい…んっ…ぁ」

片手で自身を扱《しご》かれ、腰が浮いてしまう。鈴口に浮かんだ蜜《みつ》を指先ですくい上げ、ダグラスが後孔《こうこう》へと塗り込める。

犯された恐怖はまだ消えていないのに、何故《なぜ》か体は愛撫を快感として捉《とら》えびくびくと反応してしまう。

――体がこの人を……欲しがってる。

意識すると余計に感じてしまい、信は体の芯が熱を帯びて疼《うず》くのを自覚する。

「足りないな」

「何がですか？」

信は直《す》ぐに、問いかけたのを後悔する事になった。

「お前にマーキングができると思っていなかったから、ローションを用意していない」

「…っ」

即物的な物言いに、信は黙り込む。しかしここまで来て止めるという選択肢が無いのも事実だ。

「信、手を出せ」

返事を待たずに片手を摑まれ、屹立《きつりつ》したダグラスの雄を握らされた。

――こんなに、大きいの？

触れてみるとその大きさがよく分かる。自分のそれとは形も違い、長く逞しい。なによりカリが張っていてこれで奥を抉《えぐ》られるのだと想像するだけで淫《みだ》らな気持ちになった。

「お前の手は滑《なめ》らかで心地よいな。このまま射精して、入り口にかければローションの代わりになるし肌にも染み込ませる事ができる」

良い案だと言わんばかりのダグラスに、信は恥ずかしくて黙り込む。マーキングという行為を最優先に考えているダグラスは、どこか羞恥《しゅうち》が欠けているとしか思えない。

「あ、嫌。ダグラスさん……」

「軽く握って、扱けばいい」

まるで道具のように手を使われる。手の中で硬くなっていくダグラスの雄を、信は恥じらいながらも積極的に高ぶらせていった。

少しすると雄がびくりと跳ねて、信の下腹部に精液を吐き出す。どろりとしたそれは濃く、雄の香りが漂う。

「ぁ、んっ」

「どうした？　私の精に触れただけで達したのか」

まるで自分も射精したかのように唇を震わせる信に、ダグラスが顔を寄せてくる。まさか彼の射精を手で感じただけで軽くイッてしまったなんてとても口にはできない。

だから誤魔化《ごまか》すように、声を張り上げた。

「ちが……えっと、何でもないです！」

「ならば、怖くなったのか」

「こ、子供扱いしないで下さい。僕は十八歳ですよ」

「日本の成人は、二十歳だと聞いているぞ」

「結婚はできます！」

「そこまで言うなら、大人として扱おう。今更嫌だとは言わせないぞ」

無理矢理しておいて酷い言いぐさだが、文句を言う気力は残っていなかった。

「あ、見ないでっ」

両膝《りょうひざ》を掴まれた信は、自身の出した蜜とダグラスの精液でどろどろになった下半身を暴かれた。

恥じらう間もなく、ダグラスの屹立が物欲しげにひくつく入り口に宛がわれてゆっくりと挿《い》れられる。

「体は素直だな」

「ちが……」

不意に唇を塞《ふさ》がれ、逃げる舌を絡めて吸われる。そのまま口内を嬲《なぶ》られながら、挿入が続けられた。

「ふ…ぁ」

口と後孔。

両方の粘膜をダグラスに犯され、信は震える。

――ダグラスさんの香りが、流れ込んでくる……。

彼の香りと、粘液の絡み合う淫《みだ》らな音だけが寝室に響く。

「信は口の中も敏感だな」

唇を軽く重ねたまま囁《ささや》かれる言葉に、信は頬を染めた。

もう拒むことができないのだと、信は気がついてしまった。

つがいや伴侶の資格など、信は完全に理解したわけではない。実は勘違いで狼の耳も目の錯覚だと論理的に説明されたら、きっと信じるだろう。

けれど体と心が、ダグラスに服従しているのは本当だ。

「すき、ダグラス……さん……」

不安はまだ消えない。でも好きだいう感情は、確かに芽生えていた。

「素直なお前は愛らしい。私も、こんなに満たされた気持ちで抱けるのはお前だけだ」

内部を擦られる度に、体がダグラスの形を覚え彼のものになっていくと実感する。今は何も考えず、彼の愛撫に溺《おぼ》れようと信は思った。

その女性がダグラスのオフィスに現れたのは、信との濃密な夜を過ごした翌日だった。

――伴侶の苦言など聞かず、本能に従っていればよかった。

甘い余韻に浸りながら、数日の間はマーキングもかねて絆《きずな》を深めるために肌を重ねようと提案したダグラスに、信は『お仕事を休んだら駄目です』と一蹴《いっしゅう》したのである。

これが信以外の者からの苦言であれば聞きもしなかったけれど、大切な伴侶からの頼みでは断れない。

けれどダグラスは、オフィスへ入って来たセシルを一瞥《いちべつ》し、やはり来なければ良かったと内心ため息を零す。

「この間のパーティーから、誘いを全部断っているって聞いてはいたけど。なにかあったの？」

セシル・ハルフォードは、少し前から台頭してきた資産家の娘だ。信と出会ったパーティーにも何故か『婚約者』だと言い張って、ダグラスの側から離れようとせず付きまとっていた。

ただ父親は証券取引で一代で財を成しており、娘の躾《しつけ》以外では有能だと認めている。

だがセシルは会社経営など一切関心がないようで、日々資産家達のパーティーに顔を出し華やかな社交界でもてはやされる事に重きを置く生活をしており、彼女の親は頭を痛めていると噂《うわさ》は聞いていた。

元々はフランツの恋人として紹介されたのだが、何故か半年ほど前唐突に『ダグラスの頭に、狼の耳が生えている』と言いだしたのである。血縁者以外の人間は、基本的に狼耳を見ることも触れることすらできない。

『つがい』としての資格があるという証明なのだけれど、彼女に関しては信用ができずフランツと協議した結果、暫《しばら》く様子を見るという事で落ち着いている。

ピンク色のハイヒールに、ガーターベルトも露《あら》わな短いスカート。本人は一流ブランドのデザイナーに作らせたと言っているが、品が良い服とは到底かけ離れている。

派手な化粧とわざとらしい甘い声は、一定の男達にとっては酷く性的に感じるようだが、ダグラスからすれば発情期なのに雄が寄りつかず、ヒステリー寸前の雌といったところだ。

「ちょっとー、ダグラスってば聞いてるの？」

くねくねと無駄に身を揺らし、胸のボタンを外して谷間を強調する様は汚らわしいとさえ感じる。

——これで信より二つ年上とは思えないな。

信と接するようになって、社交界に蠢《うごめ》く無能な連中が以前より目に付くようになった。彼らがその世界で楽しく遊んでいる分には害はないが、希《まれ》に『自分も有能だ』と勘違いをする者もいる。セシルはその典型的な見本だ。

「大体、あの日もいきなり帰っちゃって……お客様に謝ったり、大変だったんだから」

「君にホスト役の代理を頼んではいないし、フォローはフランツと彼の友人がしたと聞いているが？　それと、オフィスに来るなと何度も言っている筈だ」

パソコンの画面から視線を上げずに答えると、一瞬セシルが黙る。

「……わたしだって、代理をしたわよ。フランツが『座ってていい』って言ってくれたから、そうしただけで……ともかく質問に答えて」

「何だ」

「わたし、知ってるのよ。とーってもすごい秘密」

顔を上げると、セシルがにこりと笑う。彼女が得意げな態度を取る場合は、大抵ろくでもない話を持ち出される。

――面倒だな。

「また『自称』あなたの狼耳が見える子が現れたんですってね」

「どこから聞いた？」

元々フランツの恋人だったセシルは、ある満月の日を境にダグラスへ接近してきた。彼女曰《いわ》く『貴方の頭に、狼の耳が生えている。フランツに尋《たず》ねたら、見えるのは伴侶だけだと教えられた』と涙ながらに打ち明けてきたのだ。

親族の恋人でも、長の耳が見えたのならば身を引くのが習わしだ。そうフランツから教えられ、泣く泣く恋人の元を去りグラッドストーン家の為に嫁ぐと宣言しているが、どうにも芝居がかった彼女の言動に以前から違和感を覚えている。

どうやらフランツも思うところがあったらしく、セシルと別れたのは計画のうちだと教えられ、流石《さすが》にダグラスも従兄《いとこ》のなりふり構わぬ『花嫁選び』に呆《あき》れたのを記憶している。いくら適齢期のダグラスに、なかなか花嫁候補が現れないからといって、噂を使って人を集めるなど考えつかなかった。ただそれだけフランツも、早く長につがいを持って貰いたいという強い思い故《ゆえ》の行動だと分かるので、止めろとも言えず今に至る。

パーティー好きのセシルは、ダグラスの『狼耳』の話を広めるには打って付けの人物と判断し、あえてフランツは近づいたのだという。予想どおり、セシルは『狼耳』の話を広めたが、噂好きで注目を浴びたがる彼女の性格を知っている友人達は話半分でしか聞きはしない。

そしてグラッドストーン家の跡取りであるダグラスと結婚するには、『狼耳』が見えなければ不可能だと知ると、金目当てに「見える」と嘘を言い近づいてくる者も当然現れる。

ダグラスの側から真偽を確かめるのは簡単なので、信頼できる相手かどうか仕分けるのにも丁度良い。

ただ予定外だったのは、セシルが予想以上にしつこくダグラスに纏《まと》わり付いてくる事だ。

「貴方の信頼している方からよ。そんなに怖い顔をしないで。お願いだから、わたしを信じてよ。ダグラスの周りには、善意を装って近づく人が多すぎるの」

「つがいの相手は、私が決める」

「分かってないのね。ダグラスは騙されているのよ——運命の相手はわたしだって、気がついているんでしょう？」

余裕で口の端を上げるセシルだが、その目は笑っていない。

これまで、ダグラスの『狼耳』が見えると言って言い寄ってきた伴侶の候補を社交界から追い出した時と同じ表情だ。

「火遊びもいいけれど、相手の子が本気になっちゃう前に止めて上げたら？　それに……今回の子は悪い噂ばかりよ」

「噂？」

やっと興味を示したダグラスに、セシルが声のトーンを上げる。

「あの子はダグラスに家を継がせたくない親族から送り込まれた人間で、本当は見えてないのよ。証拠もあるわ」

鞄から書類の束を出して、セシルがダグラスの前に置いた。

「あなたが心配なのよ。これまで何人も、騙そうとして近づいてきたでしょう？　貴方は優しいから放っておいてるみたいだけど。よければわたしが話をつけてあげる」

「結構だ」

「でも……」

「彼には私から話をする」

彼女に信を会わせるわけにはいかない。それに渡された資料の内容も気にかかる。

——でっち上げだろうが、これまでは噂程度で資料など手の込んだ真似はしなかった。裏に誰かいるな。

無表情で思案するダグラスに、セシルがため息をつく。

「もう、頑固な人ね……フランツにも話があったんだけれど、連絡が取れなくて。どこに居るかご存じない？」

「彼は今、仕事で忙しいんだ。下らないお喋《しゃべ》りに付き合わせるな。それによく、元恋人と平然と話ができるな」

二人が別れてから、まだ一年も経《た》っていない。ダグラスはフランツが、資産目当てで近づいたセシルを逆に『花嫁選び』に利用するために恋人関係になったと知っている。だが、彼女は自身の魅力でフランツを虜《とりこ》にしたと信じて疑っていない。

だから別れた今でも、自分に未練があるからダグラスとの仲を黙認していると思い込んでいる。

更に言えばセシルの親は、財界で名の知れた人物だ。なので睨《にら》まれることを気にした周囲が黙っているだけで、裏では金欲しさにフランツからダグラスに乗り換えたと噂されている。

「あら、お気遣いありがとう」

そんな噂ものともせず、セシルは堂々とこうしてオフィスにやってくるのだからそのメンタルだけは評価していた。

「でも彼とはもういい友達なのよ。昔の事はお互いに割り切っているわ。ダグラスも知ってるでしょう」

「話が終わったなら帰れ」

「未来の妻に冷たいのね。余り心配させないで頂戴《ちょうだい》、ご両親も気に掛けていたわよ。仲が良くないのは知ってるけれど、貴方もグラッドストーンを継ぐ機会に和解したら？」

平静を貫いていたダグラスだが、一瞬その瞳に隠しきれない嫌悪が浮かぶ。流石に失言だったとセシルも気付き、数歩後退《あとずさ》る。

それほどまでに、ダグラスの眼光は鋭く獰猛《どうもう》だった。

「出て行け」

「ごめんなさい……でもね真実の貴方を知っているのは、わたしだけなのよ。それは忘れないで頂戴！　近いうちに、家でパーティーを開くの。その『見える』って言い張っている日本人も連れて来てね。でないと、大変な事になるわよ」

そう捲《まく》し立てると、セシルは封筒をテーブルに叩きつけ、入って来た時の勢いはどこへやら、逃げるようにオフィスから出て行く。

――私もまだまだ、未熟だ。

親の話題が出ただけで、無性に苛立つ。こんな時、側に信がいてくれたらと考えた自分に、ダグラスは額《ひたい》を押さえる。

「伴侶とは、大切な相手だな。やっと分かってきた」

肌を重ねるだけでは無く、心も支え預けられる相手だからつがいは唯一無二の存在なのだ。フランツや長老達に散々教えられて来たのに、本当の意味を理解していなかったとダグラスはやっと気付く。

「早く信を正式なつがいとしたいが、その前に全てを片付けよう」

獰猛《どうもう》な肉食獣の目で、ダグラスは無造作に置かれた資料の束を手に取った。


帰宅したダグラスに呼ばれた信は、セシルが『証拠』として出した書類を見せられた。

ソファに座るように促され、分厚い資料の紙を渡される。内容は全て英文で書かれていたが、信の学力でも理解できる内容だった。

だが読み進めるごとに、信の顔は青ざめていく。

「知りません……僕がダグラスさんの親戚《しんせき》と、裏で繋がっているなんて……」

資料には継母の会社がダグラスを追い出そうとしている一派と取引をしているという帳簿

や、信がダグラスの両親と話している写真までが添付されていた。当然だが、信はダグラスの両親と会ったこともない。

精巧な合成写真に、信は目を見張る。

「資料を持って来たのは、セシル・ハルフォード。君が兄の代理で出たパーティーで、つっかかってきた女性だ――当然だが、私はこの内容を信じてはいない。しかしお前に隠しておくのも良くないと判断した」

「あの人が……どうして、僕を？」

パーティーの時は、てっきりダグラスの恋人か婚約者だと思っていたから、咎《とが》められても反論はしなかった。しかしフランツの元恋人で、彼女自身もダグラスの『狼耳』が見えると言い張っていると聞かされて驚きを隠せない。

「セシルさんは、耳が見えてるんですか？」

「確かに、彼女の『見た』と行っている耳の形状は間違っていない。ただ……」

珍しくダグラスが、言葉を濁す。

「でたらめに決まっている。これまでは彼女も使い道があるとフランツが言っていたので好きにさせていたが、今回ばかりは度が過ぎた」

傲慢《ごうまん》な言い分だ。

けれどダグラスの様子から、セシルも裏で駆け引きめいた事をしているのだろうと思う。

「この書類を見せれば、お前がショックを受けるのは分かっていた。しかし周囲には、こうしてお前を陥れようとする者がいると理解するには読ませるのが早いと考えた結果だ」

「はい」

「それと先程セシルから、夜会の招待状が届いた。お前の分も入っている。本来なら連れて行く義務などないが――」

歯切れの悪いダグラスは珍しい。恐らくは二人でパーティーへ行く事と、ダグラスだけ出席して信と少しでも離れている時間ができるのとどちらが安全か図りかねているのだ。

「僕が出席することで丸く収まるなら、出ます。ダグラスさんのお陰で、食事も普通に取れるようになったから。体力も戻りましたし」

「お前は思慮深いのか、無鉄砲なのか……」

正直な所、命を狙《ねら》われているという実感が信にはない。だから危険だと暗に仄《ほの》めかされても、特に気にならないだけなのだ。

「平気です。僕も男ですから、そう簡単に変な真似はさせませんよ」

「私がお前を雌だと散々言ったことを、気にしているのか？」

幾分ダグラスが、気まずそうになったのは思い過ごしではないだろう。

彼なりに反省はしているようだけど、その気持ちを上手く表現できないのだと今なら分かる。だから信は首を横に振り、安心させるように微笑《ほほえ》む。

「あなたの伴侶となるなら、少しくらい強気の方がいいでしょう？　僕に狼の血は入ってないけど、家族なら相応しいプライドくらいは必要だと思うんです」

するとダグラスが苦笑しながら、頭を撫でてくれる。

「お前と居ると、不思議と安心するな」

昨夜とはどうも雰囲気が違う。慈しむような、それでいて深い敬愛のような眼差《まなざ》しを向けられ信は小首を傾《かし》げる。

「あの、ダグラスさん。なにか嫌な事あったんですか？」

「何故そう思う」

「理由はないんですけど、なんとなく」

真っ直ぐに瞳を見て告げると、ダグラスが真顔になる。

「私にはフランツや、長老達という仲間はいても本当の家族はいない」

ダグラスにとって、本当の両親は生きていても家族として想う事はできないのだ。それを理解しているから、信は何も言わずただ頷く。

「今お前は『家族』と言ってくれた。私が信じられるのは、お前だけだ」

「ダグラスさん……」

「万が一、信の身に危険が迫った場合は何としてでも無事に日本へ帰すと約束しよう。そうなったら倉沢の家には戻らず、ここで見聞きしたことは全て忘れて暮らせ。生涯困らないだけの資金やお前の暮らす家は、グラッドストーン家が保証する」

彼が自分を守ろうとしてくれているのは嬉《うれ》しい。なのに、素直に納得ができない。

「伴侶なら、危険を冒してでも側にいるべきじゃ……」

「馬鹿《ばか》な事を言うな。大切な伴侶が傷ついたら意味がないだろう。近いうちに何かあると思うが、君が正しいと考える行動をしろ」

聞きたかった本質を誤魔化《ごまか》したような物言いに、信は少しだけ疑念を抱く。

――ダグラスさんは信じてくれてるって言うけれど……本当のところは耳が見えるって信用されていないんじゃないのかな？

散々彼が拘《こだわ》ってきた『伴侶』という立場なのに、どうして今回は信を遠ざけるような提案もするのか疑問に感じる。

だがいま不安を問うたところで、ダグラスは答えないだろう。

――パーティーが終わるまでは、聞かないでおこう。

「……はい」

仕方なく頷くと、ダグラスが信を引き寄せて額に口づけてくれる。優しいキスに瞼を閉じるが、ダグラスはそれ以上は触れようとしない。

「お前を不安にしているのは分かっている。だが暫《しばら》くは、私の言うとおりにしろ」

「分かりました」

「明日も早い。お前はもう休め」

互いに名残惜しげに視線を交わすが、ダグラスが先に抱擁《ほうよう》を解く。信もダグラスに従い、頷いてベッドルームへと足を向ける。

――僕はダグラスさんが好きだ……何があっても。

いつの間にこんな気持ちが生まれたのか、信にもよく分からない。でも彼と話をするうちに、自分は少しずつ彼に対する認識が変わっていったと認めざるを得ない。

決意を胸に秘め、信は部屋を出た。

セシルの提案により、彼女の父が経営する、城を改築したホテルで友人達を集めたパーティーが開かれる事となった。

というのは表向きの理由で、目的は信が伴侶なのか確認するためのものだとダグラスが説明してくれた。パーティーにはフランツも同行することになり、信としてはとても心強い。

「つまりは、信とセシルのどちらが伴侶に相応しいか、決着をつけるつもりなのだろう。向こうから提案してくれたのはありがたい」

「調整は俺がしておこう。ダグラスは、信君に余計なストレスを与えないようにしてくれ」

客室で和気藹々《わきあいあい》と話す二人の間で、信は訳も分からず香りの良い紅茶を口にしていた。

——これって、試されるって事だよね。

ダグラスは『セシルは狼耳が見える』というのは嘘だと言っていたが、こうしてパーティーに信を引っ張り出すということは、僅かでも嘘ではないという可能性を考えているからだろう。

長としての立場を考えれば、伴侶が確定するまで全てを疑うのも仕方がないと信は思う。

そして自分も、耳が見えるからダグラスが好きなのかと自問自答するのを止められずにいた。自分からダグラスに体を許した夜から、十日が過ぎようとしている。ほぼ毎晩彼とセックスするうちに、体はダグラスの与えてくれる丁寧な愛撫にすっかり陥落して、中の刺激だけでも上り詰める事ができるようにされていた。

耳が見えるせいで体が変化しているのか、それとも純粋に彼を思っているから反応してしまうのか、信もよく分からない。

散々考えてみても、答えなんて出るはずもなく、結局堂々巡りになってしまう。

——でも……ダグラスさんの事が嫌いなら……こんなに感じたりしない。

たとえ体が淫乱《いんらん》だとしても、心から彼を受け入れたりはしないだろう。現に今は、恥ずかしさはあるものの、男に犯されるという嫌悪は感じないのだ。

――もしセシルさんが、本当の伴侶だったら……僕はどうすればいい？

耳など関係なく、ダグラスが好きだと訴えたところでどうにもならないだろう。もしも男性と女性、二人の伴侶候補が現れれば、子孫を残せるセシルを娶《めと》るに決まっている。

ここで大人しく身を引くのが一番良い選択だと頭では分かっていても、実際そうなったら情けなく縋《すが》ってしまうかもしれない。

「信、どうした。何も恐れることはない」

ずっと無言で座っている信を気遣うダグラスの眼差しは、とても優しい。彼をつがいとして支えたいと思う半面、やはり自分では無理ではないかとも考えてしまう。

――せめて、ダグラスさんの邪魔にならないようにしよう。

伴侶の候補から外されても、恨んだり嫉妬《しっと》したりすればダグラスはきっと呆れる。そんな醜い人間だと思われて終わるなんて、絶対に嫌だった。

「大丈夫です。ちょっと考え事をしてただけだから」

「パーティー用に、信君の新しいスーツを仕立てないとな」

「そんな……こちらに来た時の服で大丈夫ですよ」

「私の伴侶なのだから、新しく仕立てるのは当然だろう」

恐縮する信を押し切る形で、ダグラスとフランツが話を進めてしまう。嬉しいような申し訳ないような気持ちで、信は小さくため息をついた。

そしてパーティーの当日。

親しい友人達だけの集まりと聞かされていたが、広間に入ってみれば信でも知っているような財界の面々が揃《そろ》っている。

「こりゃセシル嬢、ダグラスと婚約発表する気満々だぞ」

苦笑するフランツの横で、ダグラスが不機嫌を隠しもせず眉《まゆ》を顰《ひそ》めていた。

「私はセシルを、つがいとして扱ったことは一度もないのだが」

「お前の親から、色々と吹き込まれているんだろ。実際セシル嬢が『見えてる』って言い張っているお前の耳の毛色や形は正しいからな。一部の親族は、彼女がつがいだと信じてる者もいる」

だが、ダグラスが認めなければどれだけセシルが主張しても、正式なつがいにはなれないらしい。

しかし信とセシルが狼耳の形状に関して同じ主張をしている以上、決定的な説明がなければ信を『つがい』として親族全員に認めさせるのも難しいのが現実だ。

「ダグラスさんの意見が全て通るわけじゃないんですね」

こそりとフランツに尋ねると、彼は面倒そうに肩を竦《すく》める。

「つがいに関しては、面倒なんだよ。ダグラスの意見を疑ってる訳じゃないんだが、長老以下全員が慎重になる。なんたって、これからの一族の運命がかかっている問題だからね。今夜はトラブルがあるかもしれないけど、信君はとりあえず静観しててくれないかな？」

「分かりました」

なんにしろ、自分が出る幕はない。後はダグラスとフランツに任せるしかないのだ。

挨拶の途中でダグラスに気がついたセシルが、三人の元へとやってくる。ダグラスとフランツには笑顔を向けるが、信には見向きもしない。

「ダグラス、パーティーが始まる前にしておきたいことがあるの」

嫌われている以前に、彼女にとって信の存在などゴミ程度なのだ。

「どちらが本当の伴侶か、確かめる方法があるわ。その子には身の程を弁《わきま》えて貰《もら》わないとね。これまでも嘘をついてダグラスに言い寄ってきた人は大勢いたけれど、こんなに厚顔無恥な人は初めてよ」

赤いドレスに身を包んだセシルは美しいが、その微笑みには悪意が満ちていて信は背筋を冷たいものが伝うのを感じる。

「彼女のいつもの手だ。気に入らない相手をダグラスにわざと近づけて、周囲と溶け込んだ頃に大勢の前で恥を掻《か》かせて追い払う。出会った頃は、こんな真似をする人じゃなかったんだけどな。ダグラスには悪いが、彼の両親と連《つる》み始めてから性格が悪くなったよ」

セシルには聞こえない程度の声でぼやくフランツに、信は改めて二人は付き合っていたことを思い出した。

「あの、フランツさんは今でもセシルさんを……」

「いいや。俺は彼女以上に性格が悪いんだ。確かに付き合う程度には心を許した時期もあったけど、それは社交界で顔が利く彼女を利用したかったからだしね」

酷い内容を好青年の笑みで言われて、信は呆気《あっけ》にとられる。

「俺の仕事は、ダグラスの相談相手と伴侶捜しの手伝いだ。何よりそれを優先して生きてきた。それにね、セシル嬢は魅力的だけれど空っぽなんだよ」

意味ありげに笑うフランツにどういう意味かと問う前に、セシルがダグラスの手を取る。

「満月の夜に、全てが分かるのよ。ねえダグラスあなたならこの意味、分かるわよね」

しなだれかかるセシルに、信も自分の言い分を訴えた。

「僕は本当に見えているんです。セシルさんも見えているなら、その……伴侶が二人という可能性も……」

「二人の伴侶なんて、あるわけないでしょう！　グラッドストーンの血筋を継ぐ運命を与えられたのは、このわたしよ！　バルコニーへ出れば全てが分かるわ！」

怒鳴られて怯《ひる》んだ信を鼻で笑い、セシルがフランツに声をかける。

「フランツ、あなたも見届け人として来て下さらない？」

「分かったよ。だからそう金切り声を出さないでくれ」

「この子が嘘だって認めないからいけないのよ。なんだったら、みんなの前で恥を掻かせたいんだけど……彼がここに来ていることは、余り知られたくないのよね」

言葉に引っかかりを覚えたが、セシルがバルコニーへ向かったので仕方なく信とフランツも後に続く。その間、ダグラスは黙ってセシルの好きにさせていた。

何か考えがあるのだろうと思うけれど、もしかしたらダグラスはセシルの言い分を信じているのかも知れないという不安が頭をもたげてくる。

——本当にセシルさんに狼耳が見えてるのなら仕方ない。でも僕が嘘を言っていると思われるのは嫌だ。

広間から少し離れた場所にある二階のバルコニーに出ると、丁度満月の光が四人を照らす。

「さあ、本当のつがいなら見えるはずよね」

促されて信はダグラスに視線を向けるが、満月を背にして立つ彼の頭に狼耳は見えなかった。

——え……さっきまで、見えてたのに……。

何度目をこらしても、ダグラスの髪が夜風になびいているだけで頭には何も生えていない。

狼狽える信に、セシルが詰め寄る。

「どう？　耳の形はどうなっているか言ってみなさい」

「……見えません」

「家族に見捨てられて、行き場がなくなったからこの話を持ちかけられたんでしょう？　狼の耳が見えるって言えばお金が貰えるんですもの。楽なお仕事よね。でも引き受けたことを後悔しなさい」

「仕事じゃありません！　本当に、さっきまで見えていたんです。今は見えないけど……」

「じゃあどうして、今は見えないって言ったの？　伴侶なら、どんな時でも見えて当然なのよ。わたしには今も見えているわよ」

勝ち誇ったようなセシルの宣言に、信は青ざめた。

──なんで？　どうして……。

呆然《ぼうぜん》としながらも、信は満月を背にしたダグラスを見つめる。けれどいくら目をこらしても、いつも見えていた狼耳は影も形もない。

「これで分かったでしょう？　わたしがダグラスの、本当の伴侶よ」

「でも、明るくてよく見えないだけで……」

彼の背後に昇っている満月の光が、やけに眩《まぶ》しい。いくら明るくても月明かりであるのは変わりないはずなのに、直視できないほどだ。

──こんなに明るいのはどうして？

眩しくて手をかざすと、馬鹿にしたようにセシルが笑う。

「悪あがきはよしなさい。彼の狼の耳は、確かに月の光で輝いて目が眩《くら》みそうに綺麗《きれい》だわ」

「うそ……だって、本当に……狼の耳はないんです」

「そんな顔をしても無駄よ。種明かしをして上げるわ。貴方を雇った連中は、満月の夜には特別な毛色になる事をちゃんと教えていなかったの。これまでは誤魔化せていたけれど、満月の秘密だけは、知らされていなかった。そうよね、ダグラス」

訳知り顔でセシルがダグラスを振り返る。けれど彼は無言だ。表情は逆光で見えず、彼が何を考えているのかも分からない。

「この人はダグラスが当主になるのを快く思わない人達が雇った、スパイよ。正当な伴侶が現れたら報告して、誘拐の手助けでもするつもりだったんでしょう」

ダグラスが何も言わない事に痺《しび》れを切らしたのか、セシルが手を叩《たた》く。すると廊下に控えていたらしい使用人が数名現れて、信の両腕を掴む。

「なにするんですか！」

「ダグラスの側には置いておけないし……暫くは、うちの別荘に監禁して……」

するとそれまで成り行きを見守っていたフランツが、口を挟む。

「事情が事情だから、警察へ突き出すわけにもいかない。とりあえずこの城の地下で、大人しくしてて貰おう」

躊躇《ためら》う周囲に構わず、フランツが強引に使用人達から信を引き離した。それでもダグラスは何も言わない。

——ダグラスさん？　どうして……。やっぱり耳が見えなくなった僕は必要ないんだ。

ついさっきまで信を気遣ってくれていたダグラスは、冷ややかに視線を逸《そ》らした。やはり耳の見えない自分は、彼にとって不必要な存在なのだと思い知らされる。ショックが強すぎて、涙も出てこない。

この成り行きは想定していなかったのか、セシルが一瞬黙る。けれとフランツが自分の味方だと疑っていないのか、戸惑いつつも了承した。そして信に顔を寄せると、嬉しそうに微笑む。

「それじゃ、あとはフランツにお任せするわ。あなたには、わたしがダグラスと結婚した後で、それなりの罰を下すから。そういえば、家族からも見捨てられたんですってね。失踪《しっそう》したって誰も捜しはしないわよ。お荷物が消えて、みんなから感謝されるんじゃない？」

「違う……」

家族の仕打ちを持ち出され、つい反論しようと声を上げた信だがセシルの悲鳴が掻き消してしまう。

「この人、わたしを殴ろうとしたわ！」

「分かったから落ち着け。彼は君の目の届かないところへ連れて行く」

「そうして頂戴。こんな人が側に居るなんて、わたし怖い」

あからさまな嘘にも、フランツはまるでセシルを庇《かば》うような物言いをする。見せつけるように、セシルがダグラスに縋り付いても、ダグラスは振り払おうともしない。

――やっぱり……僕はダグラスさんの耳が見えなくなったのか。見えなくなれば、必要とされないんだ。

ダグラスは、『伴侶ならば、見えなくなる事はない』と言っていた。それは裏を返せば、やはり『見えなくなれば不要』という意味だったのだ。

心を許せる相手ではなく、あくまでダグラスは伴侶を求めていたのだと現実を突きつけられる。信は俯いたまま、フランツに連れられてバルコニーから出ていった。


――……僕が伴侶として相応しくないから、見えなくなったんだ。

ショックで脚に力が入らず、よろめく信の腕を控えていた使用人の一人が掴む。けれどすぐ、その手はフランツによって振り払われた。

「地下牢へは俺が連れて行く。皆さんはセシルの精神的なケアを頼む」

「しかしフランツ様、お一人では大変でしょう」

「一年は恋人として付き合っていたんだ。迷路みたいな地下へは何度も降りているから、迷う心配はないよ」

「ではよろしくお願いします」

信は俯いたまま、フランツと使用人の遣《や》り取りをぼんやりと聞いていた。

——そうだ、見えなくなったんだからフランツさんも僕を疑って当たり前だ。

「歩けるな?」

返事も聞かずに、フランツが歩き出す。立っているのがやっとの信は引きずられるようにして大広間の端を通り、使用人達が使う狭い階段へと向かう。ずっと足下《あしもと》ばかり見ていたから、周囲が自分をどんな風に眺めているのか視界に入ってこない。

でも囁き交わされる声から、明日には『失礼な振る舞いをした東洋人』として面白おかしく噂されるだろうと想像が付く。

——これでもう、継母さんや兄さん達は利用価値のない僕を完全に見捨てる。父さんだって、庇ってくれない。

ダグラスと生涯を共にすると決めた時に、家族との決別も覚悟した信だが、こうなってしまってはダグラスの側にも居られないだろう。

帰る場所も、頼る相手もない信は、これからどうやって異国の地で生きていけばいいのか分からない。

そんな不安が少し頭を過《よ》ぎったけれど、ダグラスの耳が見れなくなっていたショックの方が大きいと気付く。

あの立派で、威厳のある姿を自分は二度と目にすることができないのだ。

「使用人達の買収も手を回しておいて正解だったな……信君？」

信は、こみ上げてくるものを抑えられなくなる。

「っ……う……」

「どこかにぶつけたか？　ここからは石の階段で手すりもないから、転ばないように気をつけて……」

ぽろぽろと涙を零《こぼ》す信に気付いて、フランツが慌て出す。

「きに、しないで……ください」

「とにかく、落ち着いて」

ハンカチを手渡され、信は涙を拭《ぬぐ》う。

伴侶でなくなった自分にも気遣ってくれるフランツの優しさに、頭が下がる思いだ。

「傾斜がきつくなるから、しっかり俺に掴まって。しかしこんな所をダグラスに見られたら、殴られるな」

「え……？」

「理由はすぐに分かるよ」

階段は長く続き、灯《あか》りも小さなランプが点在しているだけだ。時々階段が別れ、幾つかの分岐もあったがフランツは迷わず地下深くへと降りていく。

彼の案内がなければ、絶対に出られないと思われる地下迷宮だ。二人の足音だけが響く地下通路を暫く歩くと、少し開けた場所に出る。壁には幾つかのドアがあり、フランツは入って来た通路に近い木製の扉を開けた。

「信君、少しの辛抱だ。少しだけ待っていてくれるね？」

置いて行かれると分かり、信はフランツの腕を摑み、バルコニーでの事を話そうとした。

「直前まで見えていたのに、外へ出た途端見えなくなったんです。どうしてか分かりません……僕はもう、ダグラスさんの伴侶として失格……」

「言いたいことは分かっている。けど今話をしている時間はないんだ。ダグラスと俺を信じてくれ」

珍しく焦っているフランツの声に、信は自分のあずかり知らぬ所で何かが起こっていると察した。不安は募るけれど、彼を引き留めれば更に大変な事になる気がする。

唇を嚙んで頷く信に、フランツは小さなランプを一つ渡してくれる。

「君は勘が良いし、耐えることを知っている。伴侶として重要な素質は兼ね揃えているから、大丈夫」

まるで子供を誉めるように頭を撫でて、フランツが扉を閉めた。

ランプは片手に収まりそうなほど小さなもので、ドアに取り付けられた小窓にかざしても外の様子は窺《うかが》えない。

逆に言えば、信がランプを背後に置いてしまえば体の陰になる。もし誰かが探しに来ても、光を頼りに信の居場所を知るのは無理だろう。

次第に遠ざかる足音を聞きながら、信は硬い石の椅子《いす》に座り込む。

——そういえば、地下牢って言ってたっけ。

しんと静まりかえった小部屋は闇に包まれており、ランプの灯りだけが唯一の光源だ。

フランツは大丈夫だと言っていたけれど、信じていいのか分からない。それにどうして、突然耳が見えなくなったのか理由も分からないのだ。

——もしもこのまま、誰も来なかったら……。

フランツの言葉を疑っている訳ではない。けれどこの冷たい闇が、次第に信の不安を煽《あお》り、見捨てられるのはという恐怖で心を押しつぶしていく。

ふと信は、実家を思い出す。継母が冷たくなり、父も滅多《めった》に帰らなくなった家。家政婦や兄とは多少会話をしていたけれど、心はこの地下牢にいる時と同じで常に冷たい不安が付きまとっていた。

あの頃は単純に家族になれない寂しさで悲しかったのだと思っていたが、当時のあの感情は不安や疎外感から来るものだと分かる。

継母の趣味で華美な調度品が置かれるようになったリビング、信の部屋もいつの間にか継母の好む色のカーテンや壁紙に変えられていた。少しでも気に入らないと言えば継母は不機嫌になり、挨拶《あいさつ》もろくにしてくれない。

だからいつからか、信は継母が押し付けてくるプレゼントや彼女の揃えた家具を喜んで受け取るようになったのだ。

「……なんだ……僕は初めから、あの人と合わなかったんじゃないか」

それでも最初の数年は、互いに歩み寄ろうとしていた気がする。

だが信が折れた途端、継母の押しつけは酷くなりそれが当たり前だと思うようになっていたのだ。

あの時、喧嘩《けんか》を覚悟でぶつかり合っていれば、何かが変わっていたかもしれない。しかし今となっては、何もかもが遅い。

「もっと話、しておけばよかった」

ダグラスに対しても、もっとするべき会話があった気がする。伴侶のことも、彼自身の考え方もまだまだ知らないことが多すぎた。

求められる悦《よろこ》びに溺《おぼ》れて、重要な話を後回しにしたツケがこれだ。信は膝を抱え、体を丸める。

自分が酷く愚かで、馬鹿な存在に思えてくる。

「——信、私だ。返事をしてくれ」

い。

「……ダグラスさん……？」

足音は聞こえなかった。それに顔を上げて小窓から外を覗いても、ランプの灯りは見えな

「そこを動くな。人間の視力では、段差で転ぶ危険性が高い」

小さな牢を纏めたこの場所には、明かり取りの小窓すらない。なのにダグラスの声は、迷わず信の閉じ込められた牢に近づいてくる。

「この中にいます。でも鍵《かぎ》が」

ふと小窓から覗くと、暗闇でダグラスの目だけが金色に光っていた。彼は信の持つランプの僅かな光だけで、十分周囲が見えているようだ。

暗闇の中でもダグラスは迷うことなく扉を開けて、牢の中で座り込んでいた信を見つけると抱きしめた。

「随分と冷えてしまっているな。屋敷へ戻ったら、温かい紅茶を用意させよう」

「いえ、フランツさんの言ったとおり、ダグラスさんが来てくれただけで僕は十分です」

互いに確かめるみたいに両手を背に回す。するとダグラスの髪が、若干伸びていると気がついた。

「髪が伸びているだろう、これも満月の作用だ。伴侶を得た当主は、満月になると特に狼の特性が現れると聞いている」

「首筋から肩甲骨の辺りまで伸びています」

「気味が悪いか」

「いいえ」

と答えて首を横に振り、金色の髪に額を埋《うず》めた。

「さっきは、済まなかった」

「いえ。でも……僕は、伴侶失格なんです、フランツさんは大丈夫って言ってくれたけど。僕が失格だから見えなくなったんですよね」

耳が見えなかったことを気にする信に、ダグラスは苦笑で答えた。

「まずは外へ出るぞ」

肩をダグラスに抱えられ、信は空いた手でランプの取っ手を握る。

灯りで足下を照らそうとしたけれど、ダグラスは全て見えているのか足場の悪い石の階段でも躓《つまず》くことなく簡単に歩いて行く。後を歩く信を気遣い、その手をしっかり握り転ばないように支えもしてくれる。

時折分岐に立って空気の流れを確認する程度で、迷っているふうには見えない。

「分かるんですか」

「フランツの臭いを辿《たど》っているだけだ。普段はできないが、今夜は満月の加護があるから獣の力も強くなっている」

てっきりダグラスに与えられているのは、狼の耳と尾だけと思っていたが嗅覚や視覚は野生動物並みに発達するらしい。

「あの、一体なにが……」

「ここを出たら説明する」

手を取られて階段を上がり切ると、裏庭らしき場所へ出た。月明かりに浮かび上がる草木は、長い間放置されていたのか伸び放題になっている。

お陰で、二人の姿は上手く隠され人目を気にせず移動することができた。

――入って来た門とは、反対側みたいだ。

茂った藪《やぶ》の向こうに、屋敷の屋根が見える。

風に乗って屋敷から喧騒《けんそう》が聞こえてくるが、流石に何を言っているのかまでは聞き取れない。

ただ華やかなパーティーのざわめきとは違う不穏な空気だけは、信にも感じ取れた。

藪の中に僅かに残る小路《こみち》を通り、大通りの方へと向かう。そこには、既にフランツが立っていて、信の肩についた落ち葉を払ってくれた。

「セシルの『恋人』をやってる間に、使用人の懐柔と城内地図のコピーをしておいて正解だったよ。信君、置き去りにして済まなかったね」

さらりととんでもない事を言われた気がしたが、問い詰める気力はなかった。

「そろそろダグラスも居なくなったことに気がつくだろうが……俺が率先して不自然に信君を連れ出したことを疑問に思ってない女だから、言いくるめるのは簡単だろ。信君はこのままダグラスと一緒に用意してある車で裏から出てくれ」

「済まなかったな」

「いいって、これも俺の仕事だ」

街灯もない小路を、小型の懐中電灯だけで迷いなく進んでいくフランツの後をダグラスに手を引かれて追いかける。

「パーティーに出たのはセシルを諦《あきら》めさせる為だったが、先手を取られた。彼女に真実を説明してやるつもりもなかったし……」

「あの場には、お前の両親が雇った者も隠れていたからな。騙された振りをして信君をバルコニーから連れ出すのが先決だったんだよ」

「ダグラスさんの、ご両親が？」

歩きながら説明されても、正直なにがなんだかよく分からない。

「両親はセシルに汚れ仕事を押し付けるつもりだったようだが、そう上手く行く筈もない。セシルが別荘にお前を移動させると言い出した時はひやりとしたが、フランツが機転を利かせてくれて助かった」

「まあ、セシルもダグラスの両親からの依頼には流石に困惑していたようだったからね。とりあえず、俺が地下に監禁するって言い出せば言い逃れはできると践《ふ》んだんだろう」

「セシルさんと、ダグラスさんの両親は結託していたんじゃないですか？」

これまでの話からすると、利害の一致した双方は信を排除する方向で計画をしていたはずだ。今回のパーティーで確実に信を追い払い、全ては彼らの思惑どおりに進んでいたように思える。

「見事な内輪もめだよ。セシルは信君がいなくなればいいだけだって思っていた所に、いきなり『殺してくれ』なんて言われてもそりゃ困る。他にも取り決めがあったようだけど、お互いに都合のいい解釈で連帯してただけのようだ」

肩を竦めるフランツを、信はぽかんとして見つめる。

もしフランツが機転を利かせなければ、自分は郊外の別荘に連れて行かれそのまま行方不明にされていた可能性があったのだと気付き、今になって脚が震え出す。急に怖くなってダグラスを見上げると、抱きかかえるように腰へ手を回し体を寄せてくれた。

「あわよくば信とダグラスの二人を殺すつもりだったみたいだけど。誰が殺すかで揉めている。自分で手を下す覚悟もない連中さ」

「下らないな。私を自分の手で殺す気概があれば、その度胸だけは認めたんだが」

自分が実の親に疎まれただけでなく、殺されそうになっているという現実さえダグラスは冷静に受け止めている。長として大切に育てられたダグラスは、親からの愛情というかけが

えのないものを一度も得られずに生きてきたのだ。

それが辛い事だとさえ、彼は分かっていない。自分の辛さとダグラスの置かれた状況は違うけれど、信はこみ上げる涙を止められない。

「どうした、信。脚が痛むのか？」

「違います。ダグラスさんは家の事を大切に考えているのに、ご両親が理解しないのが悔しいんです」

「だからといって、お前が泣くことはないだろう」

「二人の世界に浸るのは、帰ってからにしてくれ」

フランツの茶々で我に返った信は、袖《そで》で涙を拭う。何故か不機嫌そうにダグラスが唸った瞬間、それまで見えなかった耳が突然現れた。

これまで目にしてきた狼耳は明るい茶色だったが、今はダグラスの髪色と同じ金色だった。

王者の風格さえ漂うダグラスに見惚れていると、フランツが手招く。

「この先に、裏門がある。出た所に車を用意してあるから、それに乗れ。ダグラスも居なくなったことで騒ぐだろうから、セシルは俺が上手く宥《なだ》めておく」

「助かる」

「ありがとうございます」

「当主とその伴侶を守る為だ。気にするな。これから二人には、グラッドストーン家を更にもり立てる大役が待っているからな」

そう言い残して、フランツは元来た道を戻っていった。フランツまでも姿をくらませば、いくら鈍いセシルでも何かあったのだろうと詮索するに違いない。

「私たちも行こう」

道なりに進むと、壊れかけた鉄の門があり人がすり抜けられる程度の隙間《すきま》が作られていた。これもきっと、フランツがあらかじめ脱出用に細工したのだろう。

「こちらです」

暗闇の中から声をかけられ、ダグラスはその方向へと歩いて行く。信は足下を確認するので精一杯だが、彼は周囲の全てが見えているようだ。

黒塗りの車の側に立つ運転手が、頭を下げて後部座席の扉を開ける。近くで確認すると、信も屋敷内で何度か顔を見たことのある人物だと気がついた。

「すぐに出します」

「ああ、頼む」

ダグラスの風貌《ふうぼう》に変化があるのは気付いているはずだが、運転手は何も問わない。舗装されていない道をゆっくりと進む。セシルの所有地から出ると車はダグラスの屋敷に向かって、走り出した。

「私の屋敷にいる者は、皆勘が鋭い。だから満月になると、私の髪が伸びるのを知っているし、中には狼の耳が見える者もいる」

　信の疑問を見透かした様に、ダグラスが説明してくれた。

「満月の夜だけは、耳を完全に消すことも可能だ」

「どうしてですか?」

「月の光は、夜に潜む獣の力を強くする。と同時に普段は見えていない者にも、見えるようになってしまうという問題が出てくる。血縁者と伴侶以外にも、勘の鋭い者などだな。昔から満月の夜は花嫁選びに向かないとされている」

　だからセシルが満月の今日に拘った事も、ダグラスとしては違和感を決定づけたのだと言う。

「中世の狼男伝説は、聞いたことがあるだろう?」

「はい。映画や小説の題材にされてますよね」

　所謂《いわゆる》『狼男』はホラー映画やファンタジー小説の題材として、よく使われる怪物だ。日本でもホラーが流行《はや》ると必ず出てくるから、特別詳しくなくてもどういった物かは大体の知識はある。

「満月になると狼に変身して、人間を襲う……」

　最後まで言う前に、信ははっとして口を閉ざす。ダグラスが人を襲うなんて思わないが、狼の耳を持つ一族としては気分は良くないだろう。

「私の一族からすれば、あの伝説が本当なのかどうかは分からない。しかし事情を知らない者は、満月の夜に狼の耳を生やした人間が現れた場合どんな反応をするか。想像はつくだろう?」

満月の夜は狼の血が増して、普段は耳の見えない者でも見ることができる。今ならコスプレだと誤魔化すことも可能だが、当時は恐怖の象徴でしかない。

「つまり、人を殺す狼男って勘違いされると困るから、耳を消す力を持ったという事ですね」

「聡明な君は、理解が早くて助かる。我々一族は狼の血が流れているが人を殺したり、まして食べるような真似はしない。しかし説明したところで、聞き入れる者はいないだろう。だからこうして、身を守る」

話しながらダグラスが自身の狼耳を指さすと、途端に消えてしまった。

中世の歴史に詳しくない信でも、凄惨《せいさん》な魔女狩りや化け物と疑われた人々への迫害は知識として知っている。領主といえども『狼男』などと噂が立てば、生死に関わる大問題だ。

現代なら、笑い飛ばせる噂話で済む。実際に社交界でもダグラスの狼耳の噂は『花嫁選び』のジョークとして扱われていた。昔は身を守るための自衛だったが、現代では本当に見えているのかの確認手段になっている。

「それじゃあ、伴侶として失格だから見えなくなった訳じゃないんですね」

ほっと胸をなで下ろす信に、ダグラスが大真面目で続ける。

「それはあり得ない。伴侶が耳を認識できなくなったという話は、聞いたことがないぞ。顔を上げろ信」

視線を上げると、ダグラスの頭に狼の耳が再び現れた。

普段の明るい茶色とは違い、月光を受けて輝く毛並みは金色だ。それも光を反射しているのか、耳と髪がうっすらと光を放っているようにも見える。

言葉もなくし、ぼうっと見惚れる信の頬をダグラスの手が愛《いと》おしげに撫でる。

「初めから疑ってなどいなかった」

「え？」

「私の家に連れ帰った時、お前は好奇心で私に幾つか質問しただろう」

子供の頃、犬を飼ってて気になったことを言ったと思い出し信は慌てる。

「あの時はてっきり、パーティーの余興で玩具を付けてると思ってて。すみません」

「いや、それが良かった。私がわざと耳を伏せると、君は言い当てただろう？　セシルも含め、私の狼耳が見えると言っていた者は誰一人気にもしなかった」

ダグラスが信の手を取り、頭へと導く。そっと撫でると、輝く光の量が増えた。金色の毛の先から僅かな光がこぼれ落ちる。目の錯覚かと思ったけれど、光の欠片は髪から肩へと流れて、暫く光って消えた。

「満月の夜は、今のように不思議な現象が起きる。長老達は綺麗だと言うが、目立つことこの上ない。目元で光が散るのも、鬱陶《うっとう》しい」

「でも……僕も綺麗だと思います」

「なら、満月の日はお前にだけ見せることにしよう。こうして耳に触れることができるのは、伴侶だけだと分かっただろう」

頷くと、彼の狼耳が嬉しそうに動く。金色の光を纏うダグラスから目が離せず、信は屋敷に着くまでぼうっと見惚れていた。


帰宅後、満月の光を浴びすぎたせいなのか、ダグラスは耳だけではなく尾も出て気性も激しくなった。

屋敷へ入った途端、それまで堪《こら》えていたものが噴出したかのように唸り声を上げて、テーブルやソファを引き裂いたりしてしまう。力加減ができず、ダグラス本人も戸惑っているのは明らかだ。

それでも理性はまだ残っており、駆けつけた執事に使用人達を朝まで自室に籠もらせるように告げて、自分は寝室に駆けるようにして入った。信も急いで後を追いかけ、どうにか扉が閉まる前に中へと滑り込む。

「ここまで酷いのは……初めてだ」

　ダグラスが軽くカーテンを握っただけで、その尋常でない力は分厚い生地を簡単に引き裂いてしまう。

　人の形をしているが、今のダグラスは獣に近い存在なのだろう。

「……離れていろ、信。お前を殺すことはないが、気が高ぶってきている。私でも本能を抑えきれない」

　片手で顔を押さえ、体を丸めるダグラスは傍目にも苦しんでいると分かる。それなのに、信は、とても不謹慎なことを考えてしまう。

「ダグラスさん」

「ん？」

「耳も尾も金色で、とても綺麗です」

　満月の光を受けて、ダグラスの耳と尾は完全な金色に変化していた。狼の神様というものがいるのなら、きっとこんなふうなのだろうと思う。

「お前は……今の私が怖くはないのか？　人の心は残っているが、獰猛な獣としての本能が勝り始めている。尋常でない力も、その獣の本性が関わっているのは明白だ」

　外見の変化は、髪が多少伸びた程度だ。だから見た目での恐怖はなかったけれど、今の彼は気性も荒くなっているのだと、言われて気がつく。

「そう言われれば、怖いです。でも綺麗すぎて気がつかなかった」

「お前はしっかりしているようで、何処か抜けているな」

屋敷へ戻ってから、初めてダグラスは笑みを浮かべた。

「そういうお前に救われるが……朝になるまでは、私から離れていろ」

言うなりテーブルに置いてあった水差しを手に取ると、無造作に頭から被《かぶ》る。金色の髪が濡れ、水滴がシャツに滴った。

「ダグラスさんっ？」

「お前の側にいると、体が熱くて堪《たま》らなくなる。脅しではなく、本当にお前を犯すぞ」

辛そうに蹲《うずくま》るダグラスの背を擦《さす》ろうとするが、彼は力なく首を横に振る。

「私の事は放っておけ。朝になれば元に戻る……今ならまだ理性がきくから、その間に地下のワイン倉庫へ行け。あの部屋なら、内側から鍵が掛けられる」

「今の状態って、つがう相手がいないと辛くなるばっかりなんですよね？　だったら僕が、ダグラスさんを助けます」

こんなに苦しそうにしているダグラスを置いて、部屋から出ていくなんてとてもできない。

「全く……これまでは人としての理性が残っていたが、どうなるか自分でも分からないのだぞ。お前が泣いて許しを請うても、止めることは不可能だ」

「構いません。ダグラスさんになら、なにをされても平気だから」

信は躊躇わず答える。もう迷いはなかった。

「私がお前に何の説明もせずにいたことを、怒っていないのか？」

「怒ってるとかいないとか、もう気にしてません。今は、ダグラスさんがただ大切なんです」

襟足《えりあし》の伸びた部分に唇を寄せて、わざと煽るように軽く歯を立てた。狼の雌がどんな風に雄を誘うのか知らない信は、拙《つたな》いながらも本能に従って身をすり寄せる。

「僕はダグラスさんが好きです。それを自覚した時、僕には何ができるか考えました。僕自身にはお金も人脈もない、実家からは疎まれる存在です。でも少しでも支えになれるなら、できる事はなんでもしようって決めたんです」

「満月の夜は、特に獣の性が出やすくなる。一度始めたら、簡単には終わらないぞ」

「平気です」

鼻先を首筋へと押し付け、甘えるように頬へキスをした。

「私の花嫁は、怖い物知らずだな」

「ダグラスさ……あっ」

いきなりダグラスが信のシャツに手を掛けて引き裂く。手加減はしているのか、肌に傷を付けるような事にはなっていない。

抗う間もなく、スラックスや下着も全てダグラスの手がずたずたにしてしまう。

「信」

それでも必死に欲望を抑えていると分かる辛そうな声を聞いていたくなくて、信は意を決して自分から抱きつく。

「僕にもさせて下さい……そのダグラスさんの性器を嘗めてマーキングしますから、立ってくれませんか？」

「しかし、お前にできるのか？」

「その言い方は酷いです。その……やり方くらいは知ってますから」

とはいえ、信の初めての相手はダグラスだし、男の性器を嘗めようと思ったこともない。雑誌に書いてあった、女性からの愛撫の方法を思い出し、信はダグラスの前に跪くとスラックスの前を寛《くつろ》げる。

既に硬く勃起《ぼっき》していたそれを下着から出して、唇を寄せた。

「前に言いましたよね……嘗めて香りを付けろって」

指で幹を支えて、先端を嘗めてみる。先端から溢《あふ》れる苦い先走りも我慢して嘗め取り、ゆっくりと亀頭を口内へと含む。

——熱いし、すごく硬い。

抱かれる時は気恥ずかしいから、できるだけ視線を外していた。それでも受け入れた雄の大きさは、大体分かっていた筈だった。

でもこうして直接触ってみると、改めて彼の大きさが相当な物だと実感する。自分のそれより大きく逞しい性器に圧倒され、信は羞恥と同時に淫《みだ》らな悦びも感じていた。

「ん、あふっ」

初めての口淫《こういん》なのに、舌も頬の内側までもが雄に刺激されて感じてしまう。こんなにも自分がいやらしい体だと思い知らされているようで恥ずかしい。でも信は、ダグラスの雄を嘗めるのを止められない。

「ダグラスさんの…香り……好き」

後孔で繋がる快感とはまた違った快楽に、信は酔いしれる。

――これでちゃんと、マーキングできてるのかな……。

愛しい相手の自身に自分の香り付けをし、そして再びこの性器で犯されるのだ。雄を欲しいと思う気持ちと、もっと嘗めて香りを染み込ませたい衝動がせめぎ合う。

信は本能のままに、雄を丁寧に愛撫し続けた。

「っ……信」

口の中で、ダグラスの雄が跳ねる。

射精は唐突だったが、流れ込む精液は大量でなかなか終わらない。口の中に留めておくのは途中で諦め、信はダグラスのそれを必死に飲み込む。

暫くして射精が収まり、ダグラスが信の口から雄を引き抜く。ねっとりとした熱と苦みが舌の上に残った。

無意識に信は、射精したばかりの雄に頬を擦りつける。

——マーキングって気持ちいい。

今までダグラスを受け入れた夜とは違った快感が、全身を支配している。彼の香りを全身に浴びて、内側にも浸透させたい。

一度考えてしまうと、淫らな欲求は留まることを知らず信の理性をかき乱していく。

口に残っていた精液を指に絡めて、下半身を自ら弄《いじ》りぎこちなく後孔を潤《うるお》す。ダグラスの精液を塗り込めていると思うだけで、下腹部が熱くなった。

「無理はするな」

「僕はあなたの伴侶になるんだから、これくらいできます」

耳を真っ赤に染めながらも、信は精液で濡れた指をゆっくりと体内に埋めていく。流石に搔き混ぜるのは抵抗があるから、ゆっくりと出し入れする程度だ。

それでも信が望んでダグラスを受け入れる準備をするという行動は、視覚的にも酷く彼を高ぶらせたらしく、いきなり腕を摑まれて四つん這《ば》いにされた。

毛足の長い絨毯《じゅうたん》の上に転がされた信は、両手を床につくと腰だけを高く上げる。

「このまま、交尾して下さい。辛そうな貴方を見ていたくないから」

動物の行う交尾と同じ体位を取り、肩越しにダグラスを誘う。

「信」

「平気です。僕はあなたのつがいなんですから……っ」

大きな手が、信の腰を摑む。

そして精液で解《ほぐ》されていた中へと一気に剛直を突き入れた。

ローションを使っていないので、引き裂かれるような痛みは生じたが呼吸を整えて居る間に痛みは和《やわ》らいでくる。

反対に繋がった部分が甘く疼き、刺激を望んで信は腰を揺らめかせた。

硬いカリに弱い部分を擦られて、信は軽くイッてしまう。

「ん……ひっ」

「大分、私の形に馴染《なじ》んだな。良い体だ」

「あん」

中がうねって、雄を食い締めてるのが自分でも分かる。

――体が、いつもと違う。

「…さっき……ダグラスさんの、嘗めてから……体がへんなんです……ぁ」

体の芯《しん》が熱くてたまらない。

「信、お前も発情しているな」

指摘されて、信は耳まで赤くなった。

「……僕が、発情？」

ダグラスの狼耳は見えるけど、信自身に狼の血が流れている訳ではない。だから発情していると指摘されても、納得がいかず問い返す。

「性交を重ねた伴侶は、次第に狼のつがいらしく体が変化していく。お前はその反応が早い」

ぐちゅりと卑猥《ひわい》な音を立てて、雄が半ばまで引き抜かれた。信は咄嗟《とっさ》に出て行く雄を引き留めようとして、後孔を締める。

すると予期していたのか、ダグラスは狭まった肉穴を激しく突き上げた。

「ひっ」

甘ったるい悲鳴を上げて、信は薄い蜜を鈴口から垂らす。意地悪な愛撫を繰り返され、体は限界の筈なのに、どうしてか信は気絶することもできず快楽を貪《むさぼ》る。

「あ、ぁ……ダグラスさん、僕の体……へんになってる……」

「歴代の伴侶の中でも、特別だ」

「え……？」

「お前の体は既に、つがいとして私を受け入れ発情している。体が服従し、交尾を欲しているという意味だ」

――ダグラスさんに、服従……。

動物のような変化にも嫌悪は全くなくて、悦びすらこみ上げる。

「うれしい……あんっ」

ぼうっとしたまま呟くと、背後からダグラスが覆い被さり、信の背中に体をぴたりと沿わせた。

首筋を噛まれて、背後から何度も突かれる。両手で腰を摑まれた信は、ダグラスの剛直に蹂躙《じゅうりん》される。

——本当の、獣みたい……。

突き上げられる度に、体が達してしまう。苦しいほどの快感が続いているのに、体は腰を上げてダグラスが動きやすい体位を取る。

これはダグラスとのセックスではなく、交尾だと信は本能で理解する。これまでなら拒絶していただろうけど、どうしてか今は雌にされる喜びが勝り、信は甘い悲鳴を上げて彼を強《ね》請《だ》った。

「んっダグラス、さ……ん……っ…」

腰を固定され、彼の雄が最奥を穿《うが》った。

——出されてるの……分かる……。

明らかに射精が長い。下腹部を熱い奔流が満たしていく。信は苦しさと同時に、深い幸福感に包まれていた。

動物の体位で、マーキングをされている。

今までの信なら幾らかは屈辱的な感情があったが、今は全身がダグラスの精液を受け止めて悦んでいた。

彼が自分の体で欲求を満たしてくれている現実と、ダグラスの香りをたっぷりと染み込まされる喜悦に信は恥じらいと喜びで混乱しながら涙を零す。

「苦しいか?」

「へいき、です……ダグラスさんが満足するまで、して……」

唸り声と共に再び首筋をやんわりと噛まれ、最奥を小突かれる。すっかり淫らになった内部は、全てを飲み干すように蠢いた。

体からは力が抜け、下半身だけをダグラスが持ち上げる形で性交が続く。

暫くすると、中の締め付けでダグラスの雄が硬さを取り戻しずるりと引き抜かれた。

喪失感に小さく呻《うめ》くと、今度は体を反転させられる。

「や……」

「可愛《かわい》らしいお前の顔を見ていたい」

閉じられなくなっていた唇を奪われ、舌が入り込む。蹂躙する勢いで口づけられ、呼吸もままならない。

「ん……ふ、ぁ」

口内を嘗められているだけなのに、全身が震える。

――口の中も……性感帯みたいで、蕩《とろ》けそう。あ、舌……吸わないで…。

口づけに意識を向けている間に、下半身を割り開かれる。

後孔から溢れたダグラスの精液で内股は濡れており、硬い切っ先が宛がわれると入り口は易々《やすやす》とそれを飲み込んだ。

「あ、あっ」

正常位での挿入に、信は歓喜の悲鳴を上げる。先程までの獣の体位とは違い、手を伸ばせばダグラスの背に縋り付ける。

それに雄の角度が変わっているので、後背位からでは物足りなかった部分にも刺激が与えられて、信は甘く喘ぐ。

「んっ……あ、ん」

――あんなに出したのに、もう硬い。

ダグラスが動くと中が掻き混ぜられて、精液の泡立つ音が聞こえる。

――一度の射精で、こんなになるなんて……。

彼が動く度に、繋がった縁から精液が溢れて滴《したた》る。信の中心は萎《な》えているのに、内部は酷く敏感で射精を伴わない軽い絶頂を繰り返していた。

「あ、あうっ」

力の入らない手で必死にダグラスの背に縋り、両足を彼の腰へ絡める。

――恥ずかしいのに、止められない。

自分の後孔内がダグラスの形に変化していくのが分かる。太い雁首《かりくび》や長く硬い幹に、柔らかな肉が自然と絡みついて痙攣《けいれん》する。

締め付けているだけでもじんと疼き、もっと欲しいのだと強請るように肉襞《うちひだ》が卑猥に蠢く。

「また、僕だけ……ひっ」

絶頂の波が何度も押し寄せて、信は快感の涙を自覚なく零す。

「いやっ……あっ」

感じるのが辛くて信は逃げようとする。けれど力が入らない。

「心も素直になれ。私との交尾は、まだ続くぞ」

「っああ」

宣言したとおり、ダグラスは二度目の射精をした。体の奥深くまで流し込まれる熱に、信は嬌声《きょうせい》を上げて縋り付いた。

――体……ダグラスさんで満たされていく……。

怖いのに、嬉しい。

鈴口には僅かな蜜も浮かばなくなっているのに、後孔はひくついている。痙攣する内壁を、硬いカリが擦り上げ信じられないほどの快感を持続させられる。

「も、むり……」

「嘘はよくないな、お前の体はまだ欲しがっているぞ」

不規則な痙攣を繰り返す内部を、ダグラスの雄が容赦なく抉る。出したばかりなのに、雄は先程よりも硬い気がする。

「もう二回も……続けてしてるのに」

「今宵は満月。それに発情した伴侶を前にして、たった二回ですむと思うか」

ありえない回復力に、つい信が呟くとダグラスが意地悪な笑みを浮かべた。

「私の体が満足するまで、付き合うと言ったのは信だろう？　私の物だという証を、もっとお前に染み込ませたい」

「……はい」

素直に頷くと、優しいキスが与えられた。

「愛してます、ダグラス」

「私もだ、信。愛しい花嫁。一生お前を離しはしない」

互いに見つめ合い、視線を交わしたまま口づける。そのままゆっくりと奥を捏《こ》ね回され、信は根元まで埋められたそれを強く締め付けた。

「ぁ…あ。ダグラス……好き…」

甘い喜びに身を委《ゆだ》ね、信は本能のままにダグラスを求めた。そしてダグラスも、信の求めに応じてマーキングを繰り返す。

信がダグラスに抱きしめられて眠りに就いたのは、太陽が昇ってからだった。

結果として信との関係はより深い物になったが、ダグラスはセシルを許すつもりはなかった。

それはフランツも同じ考えだったらしく、なるべく早くセシルを呼び出す事に同意する。証拠隠滅を避ける為にも、先手を打つ必要があった。

そして数日後、ダグラスは元凶となったセシルをオフィスへと呼んだ。彼女はまだ信が地下牢に閉じ込められていると思い込んでいるので、なんの疑問も持たず承諾し笑顔で姿を見せる。

ただフランツが同席しているのを見て、一瞬顔を曇《くも》らせたのは見逃さない。セシルは当然のように、ダグラスの横へ座ろうとするが、フランツがあからさまな動作で阻止する。

彼女は渋々といった様子で、ダグラスからもっとも離れたソファの端に腰を落ち着けた。

「どうしてパーティーの夜に、何も言わず帰ったの？　誰も貴方の行き先を知らないし……浅はかな連中に殺されてしまったんじゃないかって心配したのよ」

「どうして『殺された』なんて物騒なことを考えたんだ？」

逆にフランツから問い返され、セシルが気まずそうに視線を泳がせる。

——私が両親から命を狙われるほど疎まれているのを知るのは、フランツとごく一部の親族しかいない。やはり……。

「ダグラスの性格を知ってるなら、騒ぎに気分を害して、帰ったと考えるべきじゃないのか？」

一言も喋らないダグラスの代わりに、フランツが問い詰める。

「本当に心配だっただけよ。ほら、狼耳が見えるって嘘を言ってた日本人がいたでしょう？　彼が自暴自棄になって、何かしたんじゃないかって……」

「信君を地下に連れて行けと言ったのは、君だろう。俺が連れ出したのは、そちらの使用人達も目撃している」

あっさり否定され、セシルは苛立った様子でフランツを睨んだ。しかしその程度で怯むフランツではない。

「殺されたなんて憶測に至ったのは、君が誰かを殺そうと画策していたからだろう？　メールでの遣り取りは、全て保存してある。証言者もいるから、言い訳はしない方がいい」

「なにを言っているの？　意味が分からないんだけど」

事実を突きつけられても、堂々と否定する辺り流石だ。魑魅魍魎《ちみもうりょう》の跋扈《ばっこ》する社交界を渡り歩いているだけあって、度胸は据わっている。

「お前に私の耳が見えていないのは、既に分かっている」

「フランツ、そんなばかな事があるわけないでしょう？　証拠は？」

「私は生涯の伴侶を見つけた。それが証拠だ……信おいで」

隣室の扉を開けて入って来た信を見た瞬間、セシルの表情が変わった。青ざめて、唇を震わせている。

「あなた……どうして……」

「閉じ込められてるって思ってたんだろ。残念だったな。セシルの所の使用人は、俺が全員買収済みだ。雇うなら、もっと誠実な人間にしたほうがいいぞ」

さらりと言ってのけるフランツを睨むが、それ以上に憎しみの籠もった瞳でセシルが信を見つめる。

本当は、信を同席させるつもりはなかった。醜い愁嘆場に巻き込むなどしたくはなかったが、信の方から懇願され、ダグラスが折れた形だ。

「ねえダグラス、フランツも彼に騙されているのよ！　どんな手を使ったか知らないけど、彼は大嘘つきだわ」

「それは君だろう、セシル」

どこか悲しげに言うフランツに、セシルは喰《く》ってかかる。

「どういう意味よ！　貴方とは確かに別れたわ。でもそれは、ダグラスの狼耳が見えたから、グラッドストーン家の為を思っての行動だって理解してくれたでしょう？」

「……君が大切なのは、君自身とグラッドストーンの資産だろう。君はよく働いてくれた。社交界にダグラスの狼耳の噂を流し、パーティーには余り顔を出さない方ともダグラスが会えるように仕組んでくれた」

次第にセシルは余裕をなくし、助けを求めるようにダグラスへと視線を送る。

「無駄だよ、セシル。ダグラスも全て知っている。君がグラッドストーン家の資産狙いで近づく女性達を排除したことは、感謝している。けれどそのやり方が良くない」

『狼耳』が見えると言って、近づこうとした者は男女問わずいた。しかし適当にあしらえば良いものを、セシルはあえてパーティーなど人の多い所で嘘を指摘し、相手に恥を掻かせるという行動を取ったのだ。

中には社交界にいられなくなり、海外へ渡った者もいるほどだ。

「そんな、言いがかりよ。だって本当の事を言っただけよ。それに近づいたのは、嘘を言った彼らの方よ。わたしからダグラスの耳が見える嘘をつくようになんて言っても、意味がないわ」

「ダグラスを孤立させて、周囲への猜疑心を持たせるためには最適なやり方だと思うぞ。それもダグラスの両親から吹き込まれた方法だろう」

わざとダグラスの不安を煽り孤立させて、セシルだけを信じるように仕向けようとしていたのだと暴露され、セシルが唇を噛む。

「違うのよ、何かの間違いなの。わたしは本当に、狼の耳が見えてるわ。ダグラス。大体、どうして、彼を同席させるの！　不愉快だわ。嘘つきは追い出して！」

「セシルさん、嘘は止めて下さい」

「だって本当よ！　本当なの、こんなやつの言葉なんて信じたら駄目よ！　信とか言ったわね。貴方のバックは誰なの？　狼耳の情報を流した相手が居るんでしょ！」

感情を抑えきれなくなったセシルが、金切り声を上げた。手にしていた可愛らしいバッグでテーブルを叩き、ソファから立ち上がる。

「どうせあなたに狼耳の件を話した人がいるんでしょう？　誰なの？　勝ち目なんてないんだから正直に言いなさい。わたしはご両親公認の伴侶よ！」

今にも信に摑み掛かろうとするセシルの前に、ダグラスが立ちはだかる。

「その親が、私を殺すつもりでいるのは知っているか？　お前に信の殺害を指示した者は、私の両親が雇った連中だ。お前が少しでも疑ってきちんと調査をしていれば、すぐに嘘は発覚していただろう」

冷静なダグラスの物言いに、セシルも真実だと気付いたようだ。狼狽えた様子で口元を手で押さえ、ぶつぶつと呟く。

「……まさか。そんなはずないわ……だって、約束して下さったのに……」

「私の親は、狼耳を持って生まれた私を疎んじていてね。お前に甘い話で誘いをかけたのは、私に近づけさせて情報を得るためだ。用が済めば、切り捨てられるぞ。あるいは私を殺した首謀者に仕立て上げられるか。どちらにしろ、お前など道具の一つとしか考えていない」

自分は使われていたのだと知らされたセシルは、呆然としてその場に崩れるようにへたり込む。

「わたしが騙されてたの？　そんなの嘘よ。だってお二人とも、わたしを娘のように想ってるって……いずれグラッドストーン家を継ぐからって、家宝の宝石も頂いたのよ」

胸元で輝くダイヤのネックレスを、信に見せびらかすように指さす。だがダグラスは一瞥すると呆れたように口の端を上げた。

「そのネックレスは、レプリカだ。大体、彼らが価値のある物を他人に渡す筈がない。子の私にすら、金の無心をする人間だぞ。それと伴侶に贈《おく》られるのは、ブローチだ」

「どういうこと……」

頭を抱えるセシルに、ダグラスが淡々と説明を続けた。

順番はどうあれ、両親は信とダグラスを殺すつもりでいたこと。そのためには、親族以外の実行者が必要で、グラッドストーン家の資産に目が眩んだセシルに白羽の矢が立った事など、冷静に聞けば余りにお粗末な計画に信ですら何故セシルが信じ込んだのか分からないといった顔をしている。

「誤算だったのは、君が躊躇《ちゅうちょ》して、直接信を殺そうとしなかった事だろう」

万が一の事があっても、ダグラスは信を守る自信があった。しかし全てが完璧《かんぺき》に進むなどあり得ない。だから初めて信に出会った時から屋敷に閉じ込めるという、強硬手段に出ると決めてたのだ。

「だって、いずれダグラスの御父様の部下が来て、信を引き取っていくから……何も心配いって……わたし、ダグラスの妻になるのよ」

混乱しているのか、セシルはぶつぶつと口走る。それが証拠になるなんて、思ってもいないようだ。

だがフランツは容赦なく、冷たく言い放つ。

「上手く信君を殺した後は、ダグラスも殺す計画になっていた。協力してくれた君も強請《ゆす》って、金を巻き上げる算段をしていたと証言もある。両親に付いていた親戚《しんせき》共も、流石にやりすぎだと気がついて、こちらに寝返ってくれたよ」

頭を抱えて座り込むセシルは青ざめ、救いを求めるようにダグラスを見上げる。しかしダグラスも、これ以上くだらない話し合いを続ける気はなかった。何より、信の精神状態に悪影響を及ぼしかねないこの状況を、さっさと終わらせて仕舞いたい。

「これ以上嘘を重ねるのなら、私にも考えがある。過去にもお前のように嘘を言い、当主の伴侶になろうとした者は多くいた。殆《ほとん》どは寛大な処罰で済ませていたが、度を過ぎれば容赦はしない」

「ダグラス、何を言っているの？」

「特にお前は、騙されたとはいえ私の親と結託し伴侶を亡き者にしようとした。単に遠ざけるならまだしも、許容の範囲を超えている。その命を持って償ったとしても、到底及ばない」

「待ってよ、私はちょっとした悪戯《いたずら》のつもりで――」

セシルが声を詰まらせる。彼女に耳は見えていないはずだが、ダグラスの纏う空気が変わったのは気がついたのだろう。

「黙れ。これ以上無駄口を叩くのならば、人の力が及ばないものから、お前だけでなく一族郎党、報いを受ける事になるだろう」

現実離れした物言いに、セシルが引きつった顔で首を横に振る。

「そんなこと……できるわけ、ないわ」

「警察か弁護士でも呼ぶか？　お前が関わってしまった相手は、人の法を超えた存在だ」

狼の耳と尾が生えているだけで、特別な力をダグラスが持っている訳ではない。一族を守る力と言っても、魔法とかそういった類《たぐ》いでなく、本人の勤勉さや能力で手に入れたものを指している事くらい親族や伴侶ならば分かる。

伴侶を得ると、満月の夜に限って気性が激しくなると知ったがそれだけの事だ。なのに得体の知れない恐ろしさが自身の中に生まれたことをダグラスは知っていた。

するとそれまで静かに成り行きを見守っていた信が、落ち着いた声で割って入る。

「ダグラスさん、もう止めて下さい。これからセシルさんは、後悔する事になるから追い詰めるようなまねはしないで」

「どうしてあんたが、あたしを庇うのよ！　バカにしてるの？　フランツも何か言ってよ！」

この場で唯一頼れるのは、元恋人のフランツだけと判断したらしい。彼もセシルに呆れているが、少なくとも一年は名目上恋人としての付き合いがあった。

しかしフランツも、冷たく見据えるだけ。代わりに信がセシルの側へと歩み寄って、正面から向き合う。

「フランツさんと知り合う前の写真を見ました。セシルさんすごく綺麗で、もしあの時の貴方のままならフランツさんもあなたの気持ちに応えていたと思います」

「だから何よ！」

「初めはフランツさんの事を、本当に好きだったんじゃないですか？」

「……っ…あなたに何が分かるのよ」

絞り出すような声に、憎悪が混じっているのを感じる。完全な八つ当たりだが、セシルは憎しみを信へと向けている。

ダグラスは無意識に、信の肩を抱いて守るように側へと抱き寄せた。下がっていろと目で促すが、信はダグラスを無視して続ける。

「フランツさんから、少しだけ聞きました。ダグラスさんが花嫁候補を探していると聞いた頃から、変わったそうですね……」

初めセシルは、フランツの資産目当てで近づいた。それを見抜いたのは、他の誰でもない、当事者のフランツだった。

しかし誤算だったのは、フランツがこういった事態に慣れていた上に、彼は従兄としてグラッドストーン家の当主を約束されたダグラスの補佐という立場を常に意識していた点だ。

そしてセシルも、自身の気持ちが偽りではなく本当にフランツに惹かれていると気付いたが、それすらフランツはダグラスの本当の伴侶を探し出す為の手段へと変えたのである。

――流石に信には、そこまで踏み込んだ話はしていないようだが……。

当主の腹心として生きることを選んだフランツは、ある意味ダグラスよりも非情だ。いつか信も、フランツの本音を知ることになるだろう。しかし今、説明するべき事でもない。

「セシルさん。どうかグラッドストーンとの関わりを絶って、貴方らしく幸せになって下さい。セシルさんならきっと幸せな家庭を作れます。でもここじゃ無理だと思う。今ならご両親や、新しい誠実な恋人を作ることもできます」

「な、何よ……それ」

ダグラスは、信が暗に自身の継母を例に出していると察する。

継母も初めは、信と家族になろうとしていたと聞いた。それが『遺産』という切っ掛けで崩れた。

信と継母の関係は修復できないけど、セシルは家族がバラバラになった訳ではない。まだやり直せるのだ。

「セシル。これからは、お前が見下してきた人々から反感を買う。今ならまだ謝罪を受け入れてくれる寛大な者もいるだろう。手遅れになる前に謝りに行け。そして私と信に二度と顔を見せるな」

「っ……」

ここに自分の居場所はないのだと突きつけられ、セシルはのろのろと立ち上がる。入って来た時の勢いは消え、そこには目論見が外れうちひしがれる世間知らずの娘の姿があった。

いくらか同情したのか、フランツがふらつくセシルの体を支えてオフィスの外へと連れて行く。

「さよなら、セシル。今後何かあれば、俺に連絡しろ。もう君が、グラッドストーン家の当主と会話をすることはない」

「フランツ……」

「セシル嬢がお帰りだ。誰か玄関まで送って差し上げろ。」

にこやかだけど事務的なフランツの態度に全てを悟ったのか、セシルは縋ることもせず社員に伴われて出て行った。

「口出しして、すみません」

「いや。信の持つ優しさこそが、私の支えになる」

「優しくなんかありません……だってセシルさんのした事を許したわけじゃないんです。彼女は僕が庇ったと言ったけど、彼女の家族まで巻き込むような状況を避けたかっただけなんです」

満月の夜の時もそうだったが、ダグラスを受け入れ窘《たしな》める心の広さこそ伴侶に求める物なのだ。しかし信は、まだその役割に気付いていない。

「信はそう言うが、私なら彼女の家族の事など考えず追い詰めるだけで済ませていた。きみは長にとって、必要不可欠な伴侶である事に間違いはない」

「やっぱり君はダグラスの伴侶として、相応しい人間性を持ってるね。何よりこの我《わ》が儘《まま》な狼を手なずけられるのは、君だけだよ信君」

「我が儘とはどういう意味だ」

「そのままだが？」

笑っているフランツと仏頂面のダグラスを交互に見て、信はほっと胸をなで下ろす。

二人がこうして軽口をたたき合っていると言う事は、もう不安材料は消えたという意味だからだ。

親族への披露目は早いほうがいいというフランツの進言で、急遽《きゅうきょ》長老と親族を集めたパーティーが開かれる事となった。

と言っても、大げさなものではなくダグラスの所有する屋敷の客間に『長老』と呼ばれる親族を集める簡単なものだ。支度や招待状はフランツが主体となって進めてくれたので、信は当日まで儀式の作法を覚えることに没頭できとても助かった。

そして迎えた当日。

「昔は縁のある城を貸し切って、時代錯誤な夜会を開いていたと文献にあるが。披露目の用意に時間がかかりすぎる」

「形式的な物はなくしても構わないって、ブランカ様からお墨付き貰ってるし。意味のない儀式に時間割くより、お前は信君といちゃついてたいもんなあ」

「煩《うるさ》い。私は無駄が嫌いなだけだ」

笑いながら茶々を入れるフランツと、眉を顰めて反論するダグラスを横目に、信は披露目での作法を記したメモを読んでいた。

「そんな緊張するなって。挨拶はダグラスがやるから、信君は横で立っていればいいだけだしさ」

「僕が作法を間違ったら、責められるのはダグラスさんでしょう？　伴侶として、長に恥をかかせるわけにはいきません」

「本当に信君はいい子だよな。ダグラスには勿体《もったい》ないよ」

大げさに肩を竦めるフランツに、信は気恥ずかしくなる。

「信。心がけはいいが、必要以上に難しく考える事はないぞ」

緊張を和らげようとしてくれるダグラスに頷くと、彼が持っていた白いベールを被せてくれる。花嫁の付けるそれよりもシンプルだが、縁には細かいレースが編み込まれている。

「披露目の間は被ったままでいい。これを脱がせるのは、長の役目だ」

「やっぱり、長老さん達から怒られませんか？」

いくら耳が見えるからといって、男の伴侶では良くないと反対する者もいるはずだ。

「以前にも同性の伴侶を得た当主がいたと話した筈だ。一族にとって、何より重視されるのは当主の狼耳を見ることのできる血縁以外の者。信はその条件を満たしている」

不安はあるけれど、いまはダグラスの言葉を信じるしかない。

「そういえば、ご両親は？」

「別邸に閉じこもって、出てこないそうだ。私に殺されるとでも思っているらしい」

「やっぱり、和解は無理そうですか」

「あれだけ頑《かたく》なに思い込んでいる以上、誤解を解いたところでまた問題が起きる。それならば、彼らの好きにさせていた方がいい。無論、最低限の生活を保障した上で、財産は没収するが」

理解し合えないのなら、距離を置いた方が互いのためだと諭される。

――僕も、母さん達とは離れた方がいいんだろうな。

今回の披露目もせめて父には伝えるべきかと悩んだが、ダグラスもフランツも反対したのだ。外部から見れば、信とダグラスの『お披露目』は、同性婚としか思えないだろう。だから余計な心配をさせない配慮かと思ったが、二人の意見は違った。

『話しても、恐らくは何の返事もないだろう』というのが、二人の答えだった。

反対されるのも辛いけれど、無視されるのはもっと辛いと言われ、信は反論できなかった。

確かに今日まで、家族からの連絡は全くないのだ。

幸せな日なのに、自分を気に掛けてくれる家族はもう居ないのだ。

「行くぞ」

「あ、はい」

急いで目尻《めじり》に滲む涙を拭い、信は立ち上がると差し出されたダグラスの腕を掴む。

「祝いの日に、花嫁が悲しむな。これからお前は、私と共に幸福な日々を生きるのだからな。なにも心配することはない」

尊大な物言いは相変わらずだけど、彼が自分を気遣ってくれるのは分かるから信は頷く。

二人を先導するフランツが客間の前で立ち止まり、控えていたメイドと言葉を交わして振り返る。

「皆さんお待ちかねだ。信君も、堂々としていればいいよ」

心構えをしていたつもりだったけれど、扉が開くと緊張で脚が震える。客間は普段とは違い、窓際に祭壇のようなテーブルが置かれそれを幾重にも囲むように椅子が置かれ数人の老人と彼らの親族が座っていた。

親族達が立とうとするのをダグラスが片手を上げて制し、祭壇の前に立つと親族に向き合う。

「突然の招集にもかかわらず、お集まり頂き感謝する。長老方には手紙で伝えたが改めて紹介しよう——倉沢信」

ベールを被った白いタキシード姿の信は顔を上げ、初めて長老達との対面を果たす。罵倒《ばとう》も覚悟はしていたけれど、信を見つめる彼らの表情は穏やかで中には涙を流す夫人もいる。

「彼が私の伴侶、信・グラッドストーンとなる者だ」

「本日より、グラッドストーン家の一員として、全てをかけてダグラス様をお支えします」

親族がざわめくが、否定的な雰囲気ではない。

「信、司祭の祝福を受けよう」

促すと控えていた司祭が歩み出て、ダグラスと信に何かを告げる。渡されていたメモに『意味が分からないだろうから、ただ聞いていればいい』とだけ書かれていた意味をやっと信は理解する。

——英語じゃない。ラテン語？

不思議な韻を踏む言葉が数分続き、唐突に終わる。狼耳の家に代々仕える司祭だから、祈りの言葉も特別なものなのだろう。

そして司祭が下がると、ダグラスが改めて親族の側を向いて宣言する。

「古《いにしえ》からの約束に基づき、今より私がグラッドストーン家の長となる」

有無を言わせない威圧感に、その場にいた全員が自然に頭を下げ使用人も膝をつく。最前列の席に座っていた老人だけが真っ直ぐにダグラスを見据え、静かに言葉を返した。

「聖なる狼と、その伴侶に祝福を」

これで披露目の儀式は終わり、やっと場が和やかな雰囲気に包まれる。若い親族が信の元へ駆け寄り次々に祝福の言葉を述べていく。

このまま夕食会に移ると聞いていたが、何故かダグラスは信の手を摑み歩き出した。そして肩越しに振り返り、唸り声と共にとんでもない事を言い出す。

「暫くは妻と新婚旅行に行かなくてはならない。邪魔をするな。問題があれば、フランツを通せ」

「ダグラスさん、せめて食事会だけでも出て……」

「気にするな。彼らの相手は、フランツに任せればいい。お前にはまだ、為さねばならない儀式が控えている」

厳しい口調で言われて、信は黙る。マーキングを求められた時とは違う、もっと重要な事が待っているのだろう。ダグラスを追いかけてくる者はおらず、部屋に戻るとすぐに鍵を閉めてしまった。ダグラスは信を窓辺に誘う。外は夕闇が迫っていて、明かりを付けていない室内は薄暗い。

「私を選ぶなら、お前は家を出て私と共に歩む契約をしなくてはならない。私が両親を見捨てた以上に、酷なことを強《し》いるぞ」

何を今更と思うことを問われて、信は小首を傾げた。

「それは、全てを捨ててダグラスさんの伴侶になるという事ですよね。僕はもう、あなたのものになると誓ったはずですよ」

「知っている。今の質問は形式的な物だが……最後に覚悟を確かめる意味もある。伴侶は主と共にいることが望ましいとされるから、帰国も簡単にはできない。常に私と行動する事になる」

ここでやっと、信はこれまでの披露目もあくまで親族へ伴侶の存在を知らしめる物であり、いまからが本当の儀式なのだと気付いた。

「満月の夜に抱かれた時にもお話ししましたよね。あなたの伴侶となる覚悟はできています。それに必要としてくれる貴方に束縛されるのは、嬉しいです」

恋人や夫婦でも、過剰な束縛を嫌う人は多いだろう。でも長年疎外されて生きてきた信は、ダグラスの側にいたいのだと素直な気持ちを迷わず口にした。

「よい返事だ。では、伴侶となる最後の儀式をしよう」

「マーキングとお披露目以外にも、まだあるんですか？」

「これは二人きりでするのが習わしだ。代々当主の書く文献にも載っていない、本能だけが教えてくれる儀式――」

いつの間にか太陽は完全に沈み、大窓からは三日月の光が差し込んでいた。見つめる先にあるダグラスの狼耳が、満月でもないのに金色の毛に変化する。

――満月の日に見たダグラスさんとも違う……。

彼の纏う気配が、厳かなものになる。まだ魔法や妖精が信じられていた時代なら、狼の耳を持つ彼らは崇《あが》められ恐れられもしていただろう。

披露目の時にも感じなかった不思議な空気に気圧《けお》され、信は自然とその場に跪《ひざまず》く。

「信、瞼を閉じろ」

声は狼の唸り声に似ていたけれど、信の耳にははっきりと人の言葉として届く。大人しく目を瞑ると、ダグラスの両手がベールの上から髪を撫でた。

「なんだか、むずむずして……熱い」

ベールを外され、信は初めて感じる奇妙な感覚に頭を振る。

「終わったぞ。鏡を見てみろ」

「あっ」

鏡を見て驚く信にダグラスが苦笑する。

「これで信も、私と同じようにグラッドストーン家に対して発言権を持つ。伴侶と血族にしか見えない、つがいの証……しかし、お前の耳は子犬のようだな。尾も随分と変わっている」

むず痒《がゆ》いと感じていた部分には、茶色い三角耳が生えていたのだ。腰の辺りもむずむずするのでベルトを外すと、シャツの下から巻いた尾がぴょこりと飛び出た。

「これって、柴犬の耳と尻尾です！　友達が飼ってて、遊びに行くとよく一緒に散歩させて貰ってたから——絶対間違いありません」

鏡に映る己の姿は、とても威厳があるとは言いがたい。

「ダグラスさんみたいな、格好いい狼の耳が生えるんじゃないんですか？」

「長は髪の色に近い狼の耳が生えるが、伴侶はその限りではないらしい。実際、祖母も若い頃は赤茶色の髪色だったが、元の髪色とは違う白の狼耳が生えた後は、数年で髪も白く染まったそうだ」

「ていうか、狼の耳じゃないですよね。柴犬ですよ！」

「ただここまで変わっているとは珍しい。恐らく信が日本人だから、母国の犬族を基準にしたのかもしれない……っ」

堪えきれず吹き出すダグラスの横で、信は呆然と立ち尽くす。確かに他人には見えないが、血族は見えると言っていた。だとすれば、フランツや執事にもこの子犬のような犬耳が見えてしまうはず。笑うような人たちではないと知っていても、恥ずかしい事に変わりはない。

「そんな……やり直せないんですか！」

「こればかりは私でも手直しはできない」

がっくりと項垂《うなだ》れる信だが、いきなり抱き上げられてベッドへと運ばれる。

「私はこの耳が信に似合っていると思う。とても愛らしく、可憐だ」

「ダグラスさんが喜んでくれるなら、我慢します」

不本意だが、とても嬉しそうに犬耳へ唇を寄せるダグラスを前にしてこれ以上文句を言える雰囲気ではない。

「正式に伴侶となったお前を愛して、改めて私の香りを染み込ませないとな」

タキシードのボタンを外しながら、ダグラスが信の犬耳を優しく噛む。

肌を愛撫されるのとはまだ違った快感が背筋を走り抜け、信は子犬のような悲鳴を上げてダグラスに縋り付く。

「はい、愛して下さい。僕の伴侶……世界で一番大切な僕のつがい、ダグラス」

「いい子だ。私の全てを捧げよう、信」

互いの獣耳を愛撫しながら、愛を囁く。

二人は月明かりの中、互いの体を貪る。愛の日々は始まったばかりだ。

花嫁は月夜に乱される

その老女がブランカだと、信は一目見て分かった。

「お久しぶりです、ブランカ」

「その様子だと、全て丸く収まったようね」

長い白髪を一本の三つ編みに纏《まと》めた老女が、白い息を吐きながら雪の中を駆けてくる。

その頭には髪より白い毛で覆《おお》われた、大きな狼《おおかみ》の耳が生えていた。

「手紙を出した筈《はず》ですが」

「ごめんなさいね、ダグラス。まだ読んでないの、敷地の整備が忙しくてね。国や研究所からの書類もたまってて……でも貴方《あなた》なら、上手くできると信じていたわ。おめでとう」

信《しん》を見つめるブランカの瞳は、薄いアイスブルーで吸い込まれるような錯覚を覚える。若い頃は誰もが見惚《みと》れるような美人だったのだろう。

「初めまして。信と言います」

「聞いてるわ。私はダグラスの祖母のブランカ。何も知らないのに、驚いたでしょう。今はもう平気かしら？」

「……はい」

彼女が言いたいのは、つがいとしての勤めのことだとすぐに察した。遠い日本から来ている学生、それも同性なのにつがいとして見初《みそ》められたら、どれだけ不安か。

彼女は信が説明しなくても、理解してくれているようだ。

「お気遣いありがとうございます。ブランカ様」

緊張しながら挨拶すると、ブランカが上品に笑う。

「長老のまとめ役って事になっているけど、ただのおばあちゃんよ。だからそんなに緊張しないで、ブランカって呼んでね」

そしてブランカはダグラスに視線を向けると、林の奥に見え隠れしているコテージを指さす。

「貴方がいつも使うコテージは掃除してあるわ。暫《しばら》く滞在するんでしょう？」

「ええ、そのつもりです。信にも色々と見せたいですし」

「よかったわ。ついでに書類の事とか、手伝ってくれない？」

「そのつもりでため込んでいたんでしょう。構いませんよ」

二人が和《なご》やかに話している間、信はブランカの耳に見惚れていた。

真っ白い新雪のような毛色は太陽の下できらきらと輝いている。ダグラスのそれよりも幾らか毛足が長く、彼女が笑う度《たび》に僅《わず》かに震えるので白い綿毛が風に揺れているようにも見えた。

信の視線に気付いたのか、ブランカが手袋を外して自らの狼耳を引っ張って見せた。

「ブランカはスペイン語で『白』っていう意味なの。夫とつがいになった日に、改名したのよ。アメリカの有名な小説から取ったの。夫も気に入ってくれたわ」

――そういえば、ブランカさんは見えるんだった。

「素敵な耳じゃない。日本犬は意志が強いと聞いてるわ。ダグラスのお相手が日本人だと聞いて、調べたの」

『つがい』になれば、一族の中で長に次ぐ地位になる。たとえグラッドストーンの血が流れていなくても、全ての『狼耳』が見えるのだ。

「画像では知ってたけど、日本犬を見るのは初めてなの。触ってもいいかしら？」

嫌味には聞こえないから、信はこくりと頷《うなず》く。

「はい」

耳が生えた後、顔を合わせたダグラスの親族は皆信の『狼耳』を可愛《かわい》いと言って誉《ほ》めてくれる。明らかに狼とは違うので、信は少しばかり肩身の狭い思いをしていたのだ。

「私は尾も毛が多くてね、狐《きつね》みたいだってよく夫にからかわれたわ」

「え……でも、白くて素敵です。僕なんて……」

「恥じらうことはないわ。あなたの生まれた国を象徴する犬族の耳なんでしょう？　私は好きよ。ダグラスも気に入ってるわよね？」

「ええ」

慰めている訳ではなく、彼女は心から誉めているのだと口調で分かる。しかし何故《なぜ》彼女が、こんな森の奥で暮らしているのか分からない。グラッドストーン家の長老ならば、都市部でのんびりと余生を過ごすだけの蓄えはあるだろう。

「年寄りがこんな辺鄙《へんぴ》な場所に籠《こ》もって、不思議だって顔をしてるわね」

信の考えを見透かした様に、ブランカが笑う。

「イギリスも日本と同じで、狼が絶滅した国なのは知ってる？」

「はい。ダグラスから聞きました」

「他の国では減った狼を自然繁殖させるプロジェクトも試験的に始まっているけれど、固有種が消えたイギリスではそれが難しくてね。だから研究の場としてしか狼を繁殖させられないの。でも私たちには狼との約束が残ってる。不思議よね」

名前を改めたのも、狼の一族として生きる決意をする為だったとブランカが続ける。

「本来ならあなたも日本狼の耳が生えたのかもしれないけれど、ダグラスにはその耳を持つ相手が必要だったのよ。日本犬は、主人に寄り添う気持ちが強いって何かで読んだわ」

彼女の言葉が、すとんと胸に落ちる。可愛いと誉めそやされるより、ブランカの説明で信はこの犬耳をやっと受け入れようと思えた。

「ゆっくりしていきなさいな。特に信」

髪と犬耳を撫《な》でる指は優しく、まるで亡くなった母のように感じる。

「迷いのある目をしてるわね。ここでダグラスと、ゆっくり話し合いなさい」

「ありがとうございます」

頭を下げると、ブランカは声を上げて笑い出した。

「大げさね。そんなに気を遣わなくていいのよ。ねえ信、私は夫とつがいになれて幸せよ。初めは驚いたけど、世の中にはお伽噺《とぎばなし》みたいに不思議な事があるんだって認めたら何だか吹っ切れたって言うか。もっと平凡な人生を歩むつもりだったんだけどね。だから夫が死んでからも、こんな所で狼の研究の手助けをしているの」

彼女の背後で枝から雪が落ち、陽光を反射して眩《まぶ》しく光る。まるで狼の女王のようだ。

「あなたがダグラスのつがいとなった事、そして狼とは少し違う耳が生えたこともきっと意味があるわ」

雪道を走れるように改造されたジープが、少し離れた場所に停《と》まる。片手を上げて合図するブランカに、運転席の青年が頷く。

「あら、見回りの時間になっちゃった。ダグラス、貴方は信とコテージで待っていて。夕食には間に合うように戻るから」

「ブランカさん、見回りに僕も連れて行って頂けませんか？」

考えるより先に、言葉が口をついて出る。

「いいわよ。確か防寒着の予備が積んであるから、車の中で着替えればいいわね。ダグラス、あなたはここでお留守番よ。私の代わりに、面倒な書類の整理をしておいて」

「……分かりました。信、見回りは時間がかかるし寒いぞ」

「平気です！」

「本人が行きたがっているんだからいいじゃない、あまり束縛すると嫌われるわよ」

ブランカの言う事にはダグラスも逆らえないのか、渋々といった様子で頷く。

――ダグラスさんには悪いけど、ブランカさんと話がしたい。

ブランカに手招かれ、信はジープに乗り込む。大きなスーツケースと共に取り残されたダグラスがバックミラーに映っていたが内心謝りながら気がつかない振りをした。


暖炉の前に置かれたソファに座るダグラスの横に、風呂から出たばかりの信はバスローブを羽織ったまま座る。

ダグラスの祖父が日本式の湯船が気に入り、コテージの方も檜《ひのき》風呂に作り替えていたので十分暖まることができた。室内も床暖房と暖炉の熱が、程よく行き渡っている。外は吹雪き始めてるというのに、バスローブ一枚でも風邪を引く心配はなさそうだ。

「ブランカさん、すごいですね」

先にシャワーを浴びて待っていたダグラスは、残っていた書類を片付け鞄へとしまう。

「そんなに祖母の仕事が気に入ったか？」

「はい」

敷地内の見回りをしている間、信はブランカが何故研究に打ち込むのか尋《たず》ねた。元々は若くしてグラッドストーン家のメイドになったブランカだが、つがいとして認められ家の事業が落ち着いた後に、自ら希望して自然科学の勉強をしたと教えられた。

今では博士号を取り、狼保護の研究者とネットでミーティングをする程の知識を持っているとさらりと言われたのは驚いた。

日本にいた頃はとにかく父や兄たちの役に立とうとして、大学も経済学部のある所を受けたが、今になって思えばそれほど好きな学科ではなかった。けれど特別将来の夢があったわけでもないから、明確に将来の事を考えたことはない。

なのにブランカと話すうちに、彼女のしている自然保護に興味が出てきたのだ。ブランカ曰く『狼耳が生えると、環境保護に興味が出るのかもね』と信の希望を否定も肯定もしなかった。

会話の流れで、彼女の生い立ちも知ることになったがかなり意外なものだった。

改名したと言っていたが、ブランカの本名とされていたのは児童養護施設で付けられた名だったと教えられたのだ。当時、グラッドストーン家ではメイドが不足しており、メイド長が施設を回り数名の少女を引き取った。その中の一人が、ブランカだった。

当時の事情からしたら、身寄りのない女子が住み込みの仕事を得られるなど好条件だったらしい。グラッドストーン家側も、外部の者を雇うリスクはあっても、身寄りがなければ外へ秘密が漏れる心配も減るという理由もあったのだろう。

ただ想定外だったのは、ブランカが『つがい』としての資格を持っていた点だ。

ともあれ、ダグラスの祖父は難なく伴侶を得て、グラッドストーン家を守り抜いた。そして祖父亡き今、ブランカが墓守として この地を治めつつ、狼保護の研究者と共に自然保護に協力している。

波乱に満ちた人生を笑いながら語るブランカに、迷いは一切見られなかった。それは信が憧《あこが》れていた姿でもあったのだ。しかし生涯をダグラスに捧げると誓った信は、行動は制限される。

嫌だとは思っていないし、ダグラスの力になれるならば側で支える覚悟もある。

「そのうち、ダグラスさんの仕事が落ち着いたらで構いませんから。僕もここで働いてみたいです」

「お前が望むなら、年内にでも日本に戻って勉強し直しても構わないぞ。確か自然科学の分野で、良い教授がいるだろう」

さらりと返されて、信は何か聞き違えたのかとさえ思う。

「大学入試を考えたら、最低五年はかかりますよ」

「今の大学と姉妹校なら、単位の融通もきくだろう？　お前の親が手続きした退学の件は、グラッドストーンの名で何とでもなる。お前は元々成績優秀と聞いているから、編入試験も問題ない」

「それは有り難いですけど……けれどダグラスさん、僕が伴侶になったら日本に帰るのも難しいって言ってたでしょう？」

確か伴侶となった以上、共に行動するのが基本だとダグラスも言っていた筈だ。

「単身でという意味だ。私が側にいるのなら、問題はない」

「いいんですか？」

「正式な当主になった途端、権限が拡大した。長期の旅行もブランカの許可が出れば好きな場所へ行ける。あの様子だと、私が何か提案するのを期待していたようだから、すぐに許可するだろう」

――結構アバウトなんだ。

ダグラスが拡大解釈している気もするが、指摘したところで彼が考えを改めるとは思えないので言わない事にした。

「お仕事は、どうするんです？」

「フランツに任せればいい。用があれば、ネットで事足りる。それと、日本へ行くと言っても、お前の実家に行くつもりはないから安心しろ」

残されるフランツには申し訳ないが、今は自分のしたいことができる喜びが勝っていた。けれど信には、一番の不安がある。

顔に出てしまったのか、ダグラスが安心させるように抱きしめてくれた。

「倉沢家とは仕事上関係は断てないが、他の会社とも取引はある。特別懇意にしているわけではない」

「じゃあ、僕は……」

「お前を倉沢家に戻すつもりはない。向こうが接触を図ってきても、全て断るから安心しろ。ついでに新婚旅行も兼ねればいいだろう」

「え、ええっ」

「伴侶を得ていない当主が、長期間領地を空けるのを長老達は良しとしなくてな。もうずっと長期の旅行はしていない」

何故かダグラスの中では、既《すで》に日本行きが決定事項になっているらしい。

「それに信が狼の生態に興味を持って勉強がしたいのだと言えば、長老達も反対する理由がなくなる。ともかくこの話は、また改めてする。今夜はお前を堪能させろ、伴侶を放っておいた罰だ。脱げ」

「ここでするんですか？　ダグラスさん、待って下さい。寝室に……」

せめて寝室に行こうと促したものの、キスで誤魔化《ごまか》されてしまう。

ダグラスに腰を摑《つか》まれ、向き合う形で座らさせる。

「や、ん……」

「伴侶を置いて出かけた罰だ」

バスローブの合わせ目から手が滑り込み、愛撫《あいぶ》を始める。快楽に慣れた体はほどなく力が抜けて、信は意地悪な伴侶に身を委《ゆだ》ねた。


素肌を曝《さら》した信は、前を寛《くつろ》げたダグラスに跨《また》がり剛直を受け入れていた。

「あっぁ……ぅ」

くるりと丸まった尾を扱《しご》かれると、自身を触られた時とはまた違った快感が駆け抜ける。

背筋がぞくりと震え、根元まで受け入れたダグラスの性器を食い締める。

「この間から考えていたんだが、信。お前は獣のように扱われた方が、感じている気がするぞ?」

「な、何を言って……」

「恥じらうことではない。伴侶が求めているなら、より深い悦びを与えるのも雄の役目。遠慮することはない」

「遠慮なんてしてません! っん」

尾の付け根を弄《いじ》られ、もう一方の手で耳を擽《くすぐ》られると甘い悲鳴が零《こぼ》れてしまう。普段は触られてもくすぐったい程度の感覚しかないのに、ダグラスと繋《つな》がっている時だけは完全な性感帯と化していた。

「信は尾が弱いのだな」

「それは…っ…ダグラスさんが、沢山触るから……あんっ」

自分では余り尾を見せないダグラスだが、抱き合う時信には必ず出すように言う。

以前ダグラスが説明してくれたように、信も尾は消すことができる。ダグラスが出さないのは『面倒だから』というとても勝手な理由があるせいだ。

「支えているから、腰を上げろ」

嫌だと言えばダグラスは止めてくれる。けれど信はもう、彼の言葉に抗《あらが》えない。自ら進んで腰を上げて、カリ首が入り口付近に来るまで引き抜く。

そのまま締め付けてゆっくりと腰を落とすと、勝手に尾がぱたぱたと左右に揺れる。

「ダグラス……さん……」

甘えるように額《ひたい》を彼の肩口に擦《こす》り付け、首筋を嘗《な》めた。彼の精が欲しくてたまらない。

「ああ、分かっている。今夜は時間を掛けて、お前を愛そう」

「……はい」

頰《ほお》を染めて頷く信に、ダグラスが触れるだけのキスを落とす。暖炉の淡い光に照らされる中、二人は夜が明けるまで互いを求め合った。

あとがき

はじめましてこんにちは、高峰あいすです。

ルチル文庫様からの発刊では、八冊目になります。

コウキ。先生、美しくてもふもふなイラストを描いて下さりありがとうございました！

担当のF様。申し訳ございません。そしてありがとうございます。今回の発刊に関しましては、携わって下さった皆様に頭が上がりません。

いつも支えてくれる、家族と友人のみんな。ありがとう。

そして、最後まで読んで下さった読者の皆様にお礼申し上げます。少しでも楽しんで頂けたらとても嬉しく思います。

今回のお話は、意外な事に初のケモミミ物です。これまで色々書いてきたのに、初めてだ！と気が付いて一人で驚いてました。


それではまた、お目にかかれる日を楽しみにしています。

高峰あいす　公式サイト　http://www.aisutei.com/

✦初出　花嫁は月夜に攫われる……………書き下ろし
花嫁は月夜に乱される……………書き下ろし

高峰あいす先生、コウキ。先生へのお便り、本作品に関するご意見、ご感想などは
〒151-0051 東京都渋谷区千駄ヶ谷 4-9-7
幻冬舎コミックス　ルチル文庫「花嫁は月夜に攫われる」係まで。

幻冬舎ルチル文庫

花嫁は月夜に攫《さら》われる

2015年2月20日　　第1刷発行

✦著者　高峰あいす　たかみね あいす

✦発行人　伊藤嘉彦

✦発行元　株式会社 幻冬舎コミックス
〒151-0051 東京都渋谷区千駄ヶ谷 4-9-7
電話 03(5411)6431［編集］

✦発売元　株式会社 幻冬舎
〒151-0051 東京都渋谷区千駄ヶ谷 4-9-7
電話 03(5411)6222［営業］
振替 00120-8-767643

✦印刷・製本所　中央精版印刷株式会社

✦検印廃止

ISBN978-4-344-83375-3　C0193　Printed in Japan